CAROLA WIMMER

Hope

Traumpferd gefunden

cbt

Dieses Buch ist auch als E-Book erhältlich.

MIX
Papier aus verantwortungsvollen Quellen
FSC® C014496
FSC
www.fsc.org

Verlagsgruppe Random House FSC® N001967

1. Auflage 2018
Erstmals als cbt Taschenbuch September 2018

Lektorat: Almut Schmidt
Umschlaggestaltung: bürosüd, München
Umschlagmotive © Gettyimages/Sasha Bell
ml · Herstellung: LW
Satz: KompetenzCenter, Mönchengladbach
Druck: GGP Media GmbH, Pößneck
ISBN 978-3-570-31233-9
Printed in Germany

www.cbj-verlag.de

Prolog

Leo lief durch den gespenstisch leeren Stall. Es fühlte sich merkwürdig an. Nirgends war ein Wiehern zu hören, kein Schnauben, kein Hufschlag. Nur das Geräusch des Baggers auf dem Hof drang an ihr Ohr. Sie betrachtete die rostigen Gitter, die niedrigen Decken und staubbedeckten Wände. All dies würde bald schon verschwunden sein.

Denn auf Mooraue waren gestern Bauarbeiter mit ihren schweren Maschinen eingezogen. Herr von Blankewitz hatte den Hof gekauft und war nun im Begriff, sein Versprechen wahr werden zu lassen. Alles würde anders, alles würde neu und besser werden! Auf Mooraue würden in Zukunft nur noch Pferde leben, die sich rundum wohlfühlten. Statt Halbdunkel und stickiger Enge würde es für jedes Pferd unbegrenzt Licht, Luft und Bewegung geben.

Diese Aussicht erfüllte Leo mit Stolz. Sie wusste, dass diese glückliche Entwicklung vor allem ihrer Reitlehrerin Angelika zu verdanken war. Aber auch Richard,

Herr von Blankewitz' Sohn, Bea, Leos beste Freundin – und nicht zuletzt sie selbst – hatten ihren Teil beigetragen.

Während sie die lange Stallgasse bis zum Ende entlangschritt, sah sie sich ein letztes Mal um. Sie dachte an den Tag, an dem sie Hope zum ersten Mal begegnet war. Nach und nach hatten sie einander immer besser kennengelernt. Eine Welle von Glück durchströmte ihren Körper. Es war die beste Zeit ihres Lebens gewesen.

Als Leo jedoch an Hopes Box angelangt war und die Tür öffnete, erschauderte sie unwillkürlich. Am frühen Morgen waren Hope und die anderen Pferde auf das nächstgelegene Gestüt gebracht worden. Leo wusste, dass Hope nach dem Umbau des Stalls zurückkehren würde. Dennoch bereitete ihr der Anblick der verlassenen Box ein tiefes Unbehagen, ja mehr noch: Furcht flammte in ihr auf. Was wäre, wenn Hope und sie getrennt würden? Rasch schob sie den Gedanken zur Seite. Ein Leben ohne Hope konnte Leo sich einfach nicht mehr vorstellen.

1. Kapitel

Leo konnte es kaum erwarten. Nervös von einem Bein auf das andere tretend spähte sie unentwegt durch die Einfahrt des Hofs in Richtung Straße. »Wann kommen sie denn endlich?«, fragte sie wohl schon zum tausendsten Mal.

Richard grinste und legte seine Hände auf ihre Schultern, bis sie für einen Moment ruhig stand. »Gedulde dich. Du hast drei Wochen Bauarbeiten durchgestanden. Jetzt schaffst du auch die paar Minuten, bis sie wieder da sind.«

»Aber sie sind viel zu spät dran«, warf Bea ein, die mit Leo schon seit einer Stunde wartete. »Nicht, dass was passiert ist!«

Auch sie war nervös. Denn während Leo dem Wiedersehen mit Hope entgegenfieberte, wartete sie sehnsüchtig auf ihr Lieblingspferd Rosinante.

»Was soll denn schon passiert sein?«, fragte Richard. »Meinst du, sie wurden entführt?«

Leo begann unruhig hin und her zu laufen. »Können

wir nicht mal bei deinem Vater anrufen, warum sie mit den Hängern Verspätung haben?«

Richard runzelte die Stirn. »Keine gute Idee. Mein Vater hat echt genug um die Ohren. Und vermutlich sitzt er eh gerade hinterm Steuer.«

»Dein Papa sieht in letzter Zeit ziemlich mitgenommen aus«, wandte sich Bea an Richard. »Er wirkt fast ein bisschen krank. Hat der Umbau so viel Arbeit gemacht?«, fragte sie besorgt.

»Ja, kann schon sein.« Richard senkte den Kopf. Für einen Moment wurde er ernst. »Am schlimmsten ist wohl, dass alles länger als geplant gedauert hat. Eine ganze Woche mehr!«

Auch Leo war entsetzt gewesen, als aus den geplanten vierzehn Tagen Bauarbeiten plötzlich einundzwanzig geworden waren. Die Zeit, die sie schweren Herzens auf Hope verzichten musste, hatte sich damit fast verdoppelt. Für einen Moment nahm sie den Blick von der Straße. »Und morgen ist schon das Eröffnungsfest. Kein Wunder, dass dein Vater gestresst ist«, sagte sie.

»Gestresst? Was soll denn das sein? Ein Blankewitz kennt keinen Stress«, erwiderte Richard und versuchte, wieder einen unbekümmerten Ton anzuschlagen. Mit seinen Händen wedelte er alle Sorgen weg. »Er ist schließlich ein ›von und zu‹!«

Bea guckte ihn zweifelnd an. Aber bevor sie etwas

erwidern konnte, entdeckte Leo in der Ferne Angelikas Auto mit dem Pferdeanhänger.

»Endlich!«, rief sie erleichtert. Langsam kam der Wagen näher. Als er die Einfahrt passierte, begann Leos Herz wie wild zu hämmern. Gemeinsam mit Bea lief sie dem Wagen so schnell sie konnten entgegen. Kaum hatte Angelika in der Mitte des Hofes gestoppt, waren sie schon bei ihr.

»Ist alles in Ordnung?«, wollte Leo atemlos wissen.

Die Pferdetrainerin nickte. »Alles okay. Wir haben nur etwas Zeit verloren, weil da ein Pferd war, das einfach nicht verladen werden wollte!«

»Doch nicht etwa Rosinante?«, fragte Bea, Böses ahnend.

Angelika nickte. »Aber Hauptsache, wir haben es geschafft. Herr Blankewitz bringt sie her. Sie müssten gleich da sein.«

»Die Mädchen hätten beinahe Suchtrupps losgeschickt«, spottete Richard, der mittlerweile näher gekommen war. Aber Leo ignorierte ihn, es gab Wichtigeres.

»Darf Hope jetzt raus?«, fragte sie, während sie aufgeregt zur Rückseite des Hängers lief. Leo wollte nun keine Sekunde länger auf das Wiedersehen mit Hope warten. In den letzten drei Wochen hatte sie kaum Gelegenheit gehabt, die Stute zu besuchen. Dazu war das Gestüt, in dem Hope einquartiert worden war, zu weit entfernt gewesen. Ihre Sehnsucht nach Hope war ins Unendliche gewachsen.

Angelika hatte Verständnis für Leos Ungeduld. Rasch folgte sie ihr, um die Klappe zu entriegeln. Beim Klacken des Metalls war aus dem Innern des Pferdetransporters ein aufgeregtes Wiehern zu hören.

»Puh, da ist aber jemand ungeduldig«, lachte Angelika und öffnete den Hänger. Das Erste, was Leo von Hope nun zu Gesicht bekam, war ihr kräftiges Hinterteil. Doch auch dieser Anblick zauberte ihr ein breites Lächeln auf das Gesicht. »Schön, dich zu sehen!«, lachte Leo.

Hope schnaubte zur Begrüßung und begann unruhig zu tänzeln. Es hatte den Anschein, als könnte sie es nicht erwarten, den Hänger zu verlassen. Rasch trat Angelika näher und beruhigte Hope mit sanften Worten. Dann band sie sie mit routinierten Griffen los und entfernte die Sicherheitsstange. Vorsichtig führte sie die Stute rückwärts die Rampe hinab. Kaum hatte Hope sicheren Boden unter den Hufen, sah sie sich mit steil aufgestellten Ohren nach Leo um, die sofort bei ihr war, um sie zu umarmen. Hope strich mit ihrem Maul freudig immer wieder über Leos Wange, während diese ihr einen dicken Kuss auf den Nasenrücken gab und glücklich mit beiden Händen durch die Mähne strich.

»Ich habe dich so vermisst«, flüsterte Leo.

Angelika, Bea und Richard sahen den beiden lächelnd zu. Doch plötzlich wurde Angelika ungewohnt ernst. »Ich muss gleich weiter, die anderen Pferde holen«, erklärte sie. »Das ist alles ziemlich vertrackt.« Auf ihrer Stirn entdeckte Leo eine Sorgenfalte. Erschrocken ließ sie Hope für einen Augenblick los und wandte sich an Angelika. »Was ist denn?«, wollte sie wissen.

»Die Bauarbeiter haben einfach zu lange gebraucht. Jetzt haben unsere Pferde kaum Zeit, sich bis morgen einzugewöhnen«, erklärte sie.

»Aber der Hof sieht doch toll aus, es wird ihnen hier sofort gefallen!«, rief Leo überzeugt. Tatsächlich bot der Hof nun alles, was ein Pferdeherz begehrte. Die Tiere konnten sich auf breiten Wegen rund um die Koppeln jeden Tag so viel bewegen wie sie wollten. Bei schlechtem Wetter stand ihnen ein geräumiger Unterstand zur Verfügung. Auch im Stall würde kein Pferd mehr allein und isoliert leben. Die engen Boxen hatte Herr Blankewitz abgerissen, stattdessen gab es nun eine große Liegehalle mit weichem Boden.

Aber Angelika schüttelte den Kopf. »Das meine ich nicht«, sagte sie. »Der Stall wird ihnen mit Sicherheit gefallen. Aber sie müssen sich erst daran gewöhnen, dass sie nun als Herde leben dürfen. Da wird es in der ersten Zeit mit Sicherheit ein paar Rangeleien geben – auch wenn sie sich schon von der gemeinsamen Koppelzeit untereinander kennen.«

»Wirklich?«, fragte Leo erstaunt. An so ein Problem hatte sie überhaupt nicht gedacht.

»Ja, auch Pferde haben Meinungsverschiedenheiten«, erklärte Angelika.

»In jeder Herde gibt es eine Rangordnung«, schaltete sich Bea nun ein. Sie hatte mindestens ein Dutzend Bücher über Pferde gelesen. Entsprechend gut kannte sie sich aus.

Angelika nickte Bea bestätigend zu. »Zunächst muss die Gruppe klären, wer das Leittier ist. Wer am meisten Respekt genießt und wer wo in der Gruppe steht. Das ist ein ganz natürlicher Prozess. Aber gerade Pferden, die lange in Boxen gehalten wurden, fällt das häufig schwer. In vielen Fällen wird im Stall dann regelrecht herumgepöbelt.«

»Verstehe«, sagte Leo und streichelte über Hopes braunes Fell. »Das würde beim Eröffnungsfest sicherlich keinen guten Eindruck machen, wenn sich die Pferde in die Wolle bekommen.«

Doch noch bevor sich Leo weitere Gedanken machen konnte, unterbrachen Motorgeräusche das Gespräch. In der Einfahrt war der Mercedes von Richards Vater erschienen. Er brachte den Pferdeanhänger mit Rosinante und einem weiteren Pferd.

Bei seinem Anblick warf Bea sofort ihre Arme in die Höhe und winkte wie eine Schiffbrüchige, obwohl Herr Blankewitz bereits auf sie zusteuerte.

Richard, der sich die ganze Zeit im Hintergrund gehalten hatte, eilte zum Wagen und öffnete die Fahrertür. Als Herr Blankewitz aus seinem Auto stieg, sah Leo sofort, wie blass und übernächtigt er war. Sein schönes schwarzes Haar zeigte mehr graue Strähnen als in den Wochen zuvor.

»Ich hatte noch nie mit einem so dickköpfigen Geschöpf zu tun wie mit dieser Rosi«, seufzte er, während er sich mit einem Taschentuch über den Nacken fuhr.

»Gut, dann bin ich ja jetzt auf Platz zwei«, witzelte Richard.

Herr Blankewitz nickte. »Gegen Rosi bist du ein Engel, Richard«, bestätigte er.

Angelika kam näher und klopfte Herrn Blankewitz freundschaftlich auf die Schulter.

»Na, dann verlieren wir am besten keine Zeit«, erklärte sie und lief einen Bogen um den Hänger. »Wer weiß, wie lange wir zum Ausladen brauchen. Am besten, wir machen uns auf einiges gefasst!«

Aber kaum hatte Angelika den Transporter geöffnet und die Tigerscheckendame losgebunden, ließ sie sich zur Überraschung aller bereitwillig die Rampe hinabführen, als wäre ein Rückwärtsspaziergang für sie das Selbstverständlichste der Welt.

»Was sagt man dazu?«, lachte Angelika. »Dieses Pferd ist wirklich unberechenbar!«

Bea nickte stolz und schlang ihre Arme um den Hals

der kleinen Stute, die mit gerecktem Hals und keckem Blick in die Runde schaute.

Während Angelika rasch Rosis Hängernachbarn auslud, sah Herr Blankewitz müde und verloren in die Ferne.

Als Angelika dies bemerkte, nahm sie Leo und Bea zur Seite.

»Bringt die drei doch bitte schon mal auf die Koppel«, bat sie. »Wir müssen los, die anderen Schulpferde holen.«

Leo nickte. Aber dann stutzte sie. »Warum nur die Schulpferde? Was ist mit den Pensionspferden?«, wollte sie wissen. »Wann holt ihr die?«

Angelikas Miene verfinsterte sich. Sie sah zu Herrn Blankewitz hinüber. Leo hatte plötzlich ein ungutes Gefühl.

»Ist irgendetwas?«, wandte sie sich nun an Richards Vater.

Herr Blankewitz räusperte sich. »Nein, nichts«, antwortete er bemüht gleichgültig. Doch als er sich wieder seinem Auto zuwandte, hielt er unvermittelt inne und führte mit verzerrtem Gesicht die Hand an die Stirn. Sofort war Richard bei ihm. Gerade noch rechtzeitig, denn schon taumelte Herr Blankewitz. Im letzten Moment konnte sein Sohn ihn auffangen. Nach einer Schrecksekunde sprangen auch Angelika, Leo und Bea zur Hilfe. Sie öffneten die Fahrertür des Mercedes und halfen Richard dabei, seinen Vater ins Innere zu bugsieren. Langsam sank Herr Blankewitz in den Sitz und streckte sich schwer atmend aus.

2. Kapitel

Angelika fand als Erste ihre Fassung wieder. »Ich bringe Sie ins Krankenhaus«, sagte sie und legte Richards Vater beruhigend die Hand auf den Arm. Doch Herr Blankewitz wehrte ab. »Nein, wir haben keine Zeit«, schnaufte er. »Es geht schon wieder!«

Richard sah seinen Vater entsetzt an. »Papa, jetzt sei doch vernünftig! Du musst zu einem Arzt!«

Herr Blankewitz hob den Blick und sah seinen Sohn mit müden Augen an. Es war offensichtlich, dass er widersprechen wollte. Doch er war zu schwach. »Gut«, sagte er schließlich. »Aber ich nehme ein Taxi.«

»Dann komm ich mit«, erklärte Richard entschieden und zückte sein Handy, um das Taxi zu rufen. Zu Leos Überraschung machte Herr Blankewitz keine Anstalten, das Angebot zurückzuweisen.

Als das Taxi nach wenigen Minuten auf den Hof fuhr, halfen Angelika und Richard Herrn Blankewitz vorsichtig auf die Füße und setzten ihn auf den Beifahrersitz des Wagens. Richard sprang auf den Rücksitz und schon brausten sie davon. Nur langsam gelang es Leo, wieder klarer zu denken.

»Angelika, was ist los?«, wollte sie wissen und sah die Trainerin durchdringend an.

Angelika seufzte tief. Für einen Moment schien es, als würde sie nichts erzählen wollen. Dann nickte sie knapp. »Gut, aber es muss unter uns bleiben«, sagte sie. »Ich bin mir nicht mal sicher, ob Richard so genau Bescheid weiß.«

Leo und Bea nickten.

Angelika seufzte noch einmal und suchte nach den richtigen Worten. »Die anderen Pferde kommen nicht – wir haben im Augenblick keine Pensionspferde.«

Leo runzelte die Stirn. »Aber warum? Was ist mit Larry, Flying Bird und all den anderen?«

»Die Besitzer haben sie in anderen Ställen untergebracht«, erklärte Angelika, und ihr Gesicht bekam einen bitteren Zug. »Ihnen sind die Kosten bei uns zu hoch.«

»Wirklich?«, fragte Leo entsetzt. »Ist es denn woanders billiger?«

»Ein paar Euro wohl schon«, schnaubte Angelika. »Boxenhaltung kostet halt weniger.«

»Aber alle haben doch damals nach der Moorauerallye gesagt, dass sie ihr Pferd in einem pferdefreundlichen Stall einstellen wollen und uns unterstützen werden!«, rief Bea empört.

»Ja, leere Worte«, erklärte Angelika und wurde von

Sekunde zu Sekunde wütender. Das Wohl der Pferde war ihr das Wichtigste auf der Welt. »Für ein neues Auto geben die Leute das Geld mit vollen Händen aus. Aber wenn es um ihr Pferd geht, schauen sie auf jeden Cent!«

Leo überlegte kurz. Dann sagte sie: »Aber wir haben ja noch die Schulpferde. Dann muss der Hof das Geld eben mit mehr Reitunterricht verdienen!«

Doch an Angelikas Blick konnte sie erkennen, dass sie falsch lag.

»Der Hof kostet jeden Monat eine recht hohe Summe«, erklärte Angelika. »Deshalb können wir die Reitstunden nur für einen entsprechenden Preis anbieten. Die meisten Schulen in der Umgebung, die weniger Kosten haben, sind billiger. Außerdem möchte ich die Pferde nicht öfter als einmal am Tag im Unterricht einsetzen …«

Angelika musste gar nicht weitersprechen. Leo hatte verstanden.

»Wie viele Reitschüler haben wir denn noch?«, wollte sie wissen.

»Zwei«, antwortete Angelika. Ihr Blick wanderte betrübt zu Boden. »Und was ihr wahrscheinlich auch nicht wisst: Herrn Blankewitz' Firma geht es gerade nicht so gut. ›Feine Quittenkonfitüre‹ ist offenbar nicht mehr gefragt. Es geht also um nicht weniger als um Herrn Blankewitz' Existenz.«

Bea und Leo hatte es die Sprache verschlagen. Für einen Moment herrschte ratlose Stille.

»Das sind aber ziemlich viele üble Nachrichten auf einmal«, fasste Leo schließlich den Stand der Dinge zusammen.

»Ja, zu viele«, seufzte Angelika. »Kein Wunder, dass Herr Blankewitz auf dem Zahnfleisch geht.«

»Können wir etwas tun?«, fragte Bea.

Angelika musste nicht überlegen. »Wenn ihr hierbleiben könntet, um die anderen Pferde nach und nach in Empfang zu nehmen, würde mir das sehr helfen«, sagte sie.

»Klar, machen wir!«, versprach Leo sofort.

Angelika lächelte dankbar. »Gut, dann kümmere ich mich um einen Ersatzfahrer, der den zweiten Hänger übernimmt. Ich fahre gleich wieder los.«

»Wir bringen jetzt erst mal Hope, Rosi und Joe auf die Weide«, sagte Leo. »Mach dir um uns keine Sorgen.«

»Ihr seid wahre Schätze!«, rief Angelika und sprang in ihr Auto.

Leo und Bea sahen Angelika noch einige Augenblicke schweigend nach. Dann zogen sie nachdenklich mit den Pferden Richtung Weide los. In Leos Magen rumpelte es, als hätte sie Kieselsteine gefrühstückt. Sie war völlig durcheinander. Da war auf der einen Seite das große Glück, Hope wiederzuhaben. Die schöne Stute schritt mit größter Selbstverständlichkeit neben ihr her, als gehörten sie schon immer zueinander. Gleichzeitig bedrückte Leo die desolate Lage des Hofes mehr als sie sagen konnte. Auch machte sie sich große Sorgen um Richards Vater. Sie hatte Herrn Blankewitz als starken und erfolgsgewohnten Menschen kennengelernt, der sehr viel Wert darauf legte, immer alles unter Kontrolle zu haben. Wenn er seine momentane Schwäche nicht mehr überspielen konnte, musste es wirklich schlecht um ihn stehen. Leo konnte sehen, dass Bea sich ebenfalls Sorgen machte. Sie tätschelte zärtlich Rosis Rücken, schien aber mit ihren Gedanken ganz weit weg zu sein. Schweigend liefen die Mädchen vorbei an dem neuen großen Laufstall, weiter zu der großen Weide mit den vielen Bäumen und dem gemütlichen Unterstand aus dunklem Holz.

»Ich verstehe das einfach nicht«, sagte Bea unvermittelt. »Weißt du, was mit Tessa und Bibi ist? Die beiden wollten doch unbedingt ihre Pferde auf Mooraue lassen! Warum sind sie nicht hier?«

Bibi und Tessa waren Freundinnen von Charlene Schönbrunn gewesen. Doch nach der Mooraueralley hatten sie sich von Charlene abgewandt, weil diese ihr Pferd gequält und Hope beinahe vergiftet hatte.

»Falls sie morgen kommen, werde ich sie auf jeden Fall fragen«, sagte Leo.

Mittlerweile waren die Mädchen auf der Weide angelangt. Leo löste Hopes Führstrick, damit sie sich frei bewegen konnte. Das Halfter ließ sie sicherheitshalber erst einmal an, falls sie sie doch wieder einfangen musste. Die braune Stute machte zwei zögerliche Schritte auf dem saftigen Grün, dann tobte sie wie ein junges Fohlen über die Wiese. Sie sprang mit allen Hufen gleichzeitig in die Luft, schlug Haken und rannte wild kreuz und quer. Den ganzen Vormittag hatte sie ihren Bewegungsdrang nicht ausleben können und nun gab es kein Halten mehr. Hope war die Lebensfreude pur. Leo lächelte glücklich bei ihrem Anblick. Für einen Moment wurde ihr wieder ganz leicht ums Herz.

Auch Bea hatte Rosi und Joe vom Strick befreit. Die kleine Tigerscheckenstute und der große Braune hatten aber keine Lust auf Toben. Sie guckten nur kurz der herumtollenden Hope hinterher, dann schlenderten sie gemütlich zum Unterstand, um das neue Ding aufmerksam zu beschnuppern.

»Mooraue ist ein so wundervoller Ort geworden«, sagte Leo. »Es wäre einfach nicht gerecht, wenn all das kaputtgehen würde.«

Bea kaute nachdenklich auf ihrer Unterlippe, dann sagte sie: »Wird es auch nicht. Weißt du was? Morgen werden die Leute sehen, wie schön es hier ist. Und dann werden sie Schlange stehen, damit ihre Pferde hier wohnen dürfen!«

Leo lächelte. Der Optimismus ihrer Freundin tat gut.

3. Kapitel

Am nächsten Morgen wurde Leo von einer SMS geweckt. Sie kam von Richard.

»Vater okay, aber gegen ärztl. Rat am Herumschwirren«, las Leo. Die Nachricht beruhigte sie ein wenig. Herr Blankewitz war also wieder auf den Beinen, auch wenn es sicherlich besser gewesen wäre, wenn er sich noch Ruhe gegönnt hätte.

Mühsam krabbelte sie aus dem Bett. Sie hatte bis zum Abend auf Mooraue geholfen und nur wenig Zeit mit Hope verbringen können. Nach und nach waren auch die anderen Pferde eingetroffen. Geholfen hatte Angelika dabei Herr Kallhuber, ein alter Herr mit wirrem grauen Haar, der immer einen schmutzigen blauen Overall trug und den alle nur Kalli nannten. Er war schon für den früheren Besitzer des Hofes tätig gewesen. Der alte Mann war ein ziemlicher Kauz, und da es für ihn aussichtslos war, irgendwo einen Job zu bekommen, hatte Herr Blankewitz ihn kurzentschlossen übernommen.

Leo war erst spät völlig erschöpft nach Hause gekommen und hatte vor Sorgen kaum schlafen können. Als ihre Mutter gegen Mitternacht nach Hause kam, lag sie immer noch wach. Entsprechend müde tapste sie nun Richtung Küche. Leo sah, dass ihre Mutter bereits fröhlich mit Backblechen und Rührschüsseln hantierte. Sie beteiligte sich am Eröffnungsfest und wollte für die Gäste mehrere Kuchen und drei Torten backen. In dem kleinen Raum sah es aus wie in einer Bäckerei.

Als Leo ihr müdes Gesicht in die Küche steckte, hielt Eva Pollinger erschrocken inne. »Liebes, was ist denn? Du siehst ja fürchterlich aus! Geht es dir etwa nicht gut?«, fragte sie besorgt.

»Nein, geht schon«, wehrte Leo ab.

»Ich dachte, du wärest happy, weil du Hope wiederhast!« Eva Pollinger wischte sich rasch die Hände an einem Tuch ab und nahm ihre Tochter in den Arm.

»Ja, bin ich auch, Mama«, sagte Leo.

Seit der Moorauerallee verstanden sich die beiden viel besser. Leo fühlte sich – vielleicht zum ersten Mal im Leben – von ihrer Mutter verstanden. Zu gerne hätte sie ihr nun von den Problemen auf Mooraue erzählt. Aber so sehr es ihr auch auf der Zunge brannte – sie schwieg. Schließlich hatte sie Angelika versprochen, Herrn Blankewitz' finanzielle Probleme für sich zu behalten.

»Lieb von dir, dass du beim Eröffnungsfest hilfst«, sagte sie stattdessen und gab ihrer Mutter einen Kuss.

»Ist doch selbstverständlich«, sagte Eva Pollinger, während sie Leo losließ, nach den Topflappen griff und einen dampfenden Kuchen aus dem Backofen zog. »Herr Blankewitz hat unsere Hilfe mehr als verdient!«

»Auf jeden Fall«, sagte Leo. »Richards Vater ist gestern nämlich umgekippt.«

Eva Pollinger fiel fast der Kuchen aus der Hand. Erschrocken starrte sie ihre Tochter an.

»Er ist aber wieder fit«, beteuerte Leo rasch.

»Das sagst du mir jetzt ...«, rief Leos Mutter. »Der Ärmste!«

»Alles wieder gut«, bekräftige Leo noch einmal. »Ich wollte dir nicht die Laune verderben.«

Eva Pollinger schien beruhigt. »Okay, aber wenn wir etwas für ihn tun können, egal was, dann gib Bescheid!«, sagte sie. Nach einer kurzen Pause fügte sie hinzu: »Du kannst mir übrigens gar nicht die Laune verderben ...«

»Ach so?«, fragte Leo. »Was ist denn los?«

Ihre Mutter senkte den Kopf und lächelte verlegen. »Wie soll ich das sagen ...«

Leo sah ihre Mutter erwartungsvoll an. Sie hatten sich in letzter Zeit nicht oft gesehen. Jetzt während der Sommerferien war Leo meistens bei Bea gewesen. Auch ihre Mutter war häufig erst spät nach Hause gekommen. Was würde sie ihr gleich offenbaren? Ging es um die Arbeit? Leo wusste, wie sehr der Bürojob ihre

Mutter schon seit Jahren frustrierte. Bestimmt hatte sie eine neue Stelle bekommen!

»Jetzt sag schon«, forderte Leo.

Ihre Mutter atmete tief durch. Dann sah sie Leo direkt in die Augen. »Ich habe jemanden kennengelernt«, sagte sie schließlich und lächelte wieder zaghaft. Leo klappte die Kinnlade hinunter. Damit hatte sie nun überhaupt nicht gerechnet. »Das ist ja – das ist ja toll!«, stammelte sie schließlich.

Eva Pollinger sah ihre Tochter mit strahlenden Augen an. »Ja, das ist es!«, rief sie und umarmte ihre verdatterte Tochter wie ein verliebtes Mädchen. »Wenn Harald es heute zeitlich schafft, wird er vielleicht sogar zum Eröffnungsfest kommen!«

Leo fühlte sich immer noch etwas überrumpelt. Aber das glückliche Leuchten in den Augen ihrer Mutter brachte auch sie zum Lächeln. Sie wusste, wie verzweifelt ihre Mutter gewesen war, als ihr Vater die Familie verlassen hatte und von einem auf den anderen Tag verschwunden war. In den vergangenen Jahren hatte sie sich sicherlich oft einsam gefühlt. Und Leo hatte Hope. Es war völlig normal, dass auch ihre Mutter jemanden an ihrer Seite haben wollte, den sie liebte.

»Ich freu mich für dich!«, sagte Leo herzlich.

Eva Pollinger sah ihre Tochter zärtlich an. »Das ist sehr wichtig für mich, danke.«

»Dann bin ich mal auf deinen Harald gespannt«,

sagte Leo. Sichtlich erleichtert wandte sich ihre Mutter wieder dem Backofen zu. Leo griff sich eine Scheibe Toast. Sie hatte jetzt richtig Kohldampf. Als sie sich auf dem Tisch umsah, wollte sie zuerst wie gewohnt nach der Schokocreme greifen. Doch da entdeckte sie Herrn von Blankewitz' Quittenkonfitüre. Entschlossen löffelte sie sich eine große Portion aus dem Glas.

»Ich dachte, die magst du nicht«, rief Leos Mutter verwundert.

»Ich finde, alle Leute sollten Quitte essen«, erklärte Leo und biss beherzt in ihr Toast. Sofort bereute sie diesen selbstlosen Einsatz für Herrn Blankewitz. »Grässlich!«, stöhnte sie auf. »Was für eine fürchterliche Geschmacksverirrung!«

Eva Pollinger konnte sich ein Lachen nicht verkneifen. »Geschmäcker sind nun mal verschieden!«, sagte sie und angelte sich mit einer Hand quer über den Tisch Leos angebissene Scheibe Toast.

4. Kapitel

Auf dem Weg nach Mooraue lief Leo bei Beas Haus vorbei, um sie abzuholen. Noch an der Gegensprechanlage berichtete Leo, dass Herr Blankewitz aus dem Krankenhaus entlassen worden war. Auch Bea war darüber sehr beruhigt. Im Laufschritt nahmen sie den Weg durch das kleine Wäldchen, an den Feldern und Wiesen entlang. Die Mädchen wollten unbedingt so schnell wie möglich wissen, wie die Nacht verlaufen war. Hatte sich die neue Herde vertragen? Oder hatte es Rangeleien gegeben? Wie waren die Aussichten, dass dies ein ruhiger und erfolgreicher Tag werden würde?

Als Leo vor dem Stall Angelikas fröhliches Gesicht erblickte, fielen diese Sorgen augenblicklich von ihr ab.

»Ihr glaubt nicht, wie glücklich ich bin«, begrüßte die Trainerin sie. »Die Pferde fühlen sich ganz offensichtlich superwohl. Kommt mit und schaut es euch selbst an!«

»Das klingt toll!«, freute sich Bea.

Auch Leo freute sich. »Und Richards Vater? Hat er gesagt, wie es im Krankenhaus war?«

»Richard meinte, die Ärzte hätten ihn gerne für weitere Untersuchungen dabehalten. Aber Herr Blankewitz wollte nicht.«

»Hm«, machte Leo. »Das klingt nicht gerade sehr vernünftig.«

»Das sag ihm am besten gleich selbst«, antwortete Angelika. »Er ist schon seit dem Morgengrauen bei den Pferden!«

Und tatsächlich: In der Ferne konnte Leo Richard und seinen Vater erkennen. Sie standen am Gatter und betrachteten die Pferde, die in kleinen Gruppen beieinander standen und die Sonne genossen. Zu den Schulpferden des Hofes gehörten zwei Friesen, ein hellbrauner Haflinger mit seiner typischen hellen Mähne, eine graue Holsteinerstute, zwei gemütliche Jütländer, ein Knabstrupper, der dunkelbraune Joe und natürlich Rosi. Hope hingegen stand nicht für Reitunterricht zur Verfügung. Sie wurde nur von Leo geritten.

Als Leo, Bea und Angelika die Weide erreicht hatten, löste sich Hope aus der Herde und lief zum Gatter, um die Neuankömmlinge zu begrüßen. »Ja, hallo!«, riefen Leo, Angelika und Bea fast wie aus einem Munde. Mit vorgestrecktem Hals beschnupperte Hope jeden Einzelnen und blieb schließlich bei Leo stehen, um für einen Moment den Kopf auf ihrer Schulter abzulegen.

Leo schmiegte ihr Gesicht an Hopes Hals und strich mit beiden Händen über ihre schöne, volle Mähne. Hope ließ ein genussvolles Brummeln hören, dann schritt sie hoch erhobenen Hauptes zurück zur Herde. Die Pferde machten respektvoll Platz. Es schien, als hätte Hope ohne größere Streitigkeiten die Anführerrolle übernommen.

»Schön, Sie zu sehen«, wandte sich Leo nun an Herrn Blankewitz.

Richards Vater lächelte kurz, dann sah er zu Boden. Es war offensichtlich, dass ihm sein gestriger Schwächeanfall unangenehm war. Für einen Mann wie Herrn Blankewitz, der immer viel Wert auf Haltung und Etikette legte, war es geradezu eine Katastrophe, Schwäche zu zeigen. Auch jetzt hatte er noch nicht zu alter Form zurückgefunden, sein Rücken war leicht gebeugt und er machte einen niedergeschlagenen Eindruck.

Angelika versuchte, Herrn Blankewitz aufzumuntern.

»Diese freundliche und friedliche Herde ist doch einfach wunderbar«, sagte sie stolz. Aber Richards Vater ließ sich nicht so leicht aus seiner trübsinnigen Stimmung herausreißen.

»Ich weiß nicht. Vorhin hat Balu Mamba über die Weide gejagt«, entgegnete er skeptisch. »Sie haben es ja selbst gesehen, Angelika. Beide sind sogar gestiegen!«

»Das ist völlig normal«, erklärte Angelika schnell.

»Aber im Gegensatz zu dem, was ich in meinem Leben schon erlebt habe, wirkte das zwischen Mamba und Balu fast zärtlich. Die beiden sind zum Glück keine aggressiven Tiere, und hier auf der Weide ist genügend Platz. Gefährlich wird es vor allem, wenn die Konkurrenten einander nicht ausweichen können. Dann kann es zu ernsthaften Verletzungen kommen.«

»Ja, vielleicht ist das so«, antwortete Herr Blankewitz. »Aber ein einziger Störenfried, und diese Harmonie ist sofort dahin.« Er klang, als würde er jeden Augenblick das Schlimmste erwarten.

»Aber im Moment ist es erst mal gut«, beendete Richard die Diskussion. Er hatte seinen Vater die ganze Zeit mit besorgtem Gesichtsausdruck beobachtet. »Es wäre wirklich besser, wenn wir uns jetzt nur auf den heutigen Tag konzentrieren«, fügte er hinzu.

»Ja, Richard hat recht«, stimmte Angelika ihm betont munter zu. »Wir sollten uns nicht über ungelegte Eier Gedanken machen. Nur kein unnötiger Stress!«

Gemeinsam gingen sie zurück zum Gutshaus. Auf dem Vorplatz wollten Leo und Bea noch ein wenig Dekoration – Ballons und Girlanden – anbringen, um für etwas festliche Stimmung zu sorgen.

Gerade als sie die Zufahrt erreichten, kam ein Taxi durch die Einfahrt. Erschrocken blieb Leo stehen. Gerade noch rechtzeitig, sonst wäre der Wagen ihr über die Füße gerollt. Im nächsten Moment stieg eine kleine, drahtige Frau im dunkelblauen Kostüm aus. Leo hatte sie noch nie gesehen.

Herr Blankewitz blieb einen Moment überrascht stehen, doch dann eilte er freudig auf die Frau zu, um sie in den Arm zu nehmen. »Luzi, was machst du denn hier?« Spätestens als auch Richard der Frau um den Hals fiel, war Leo klar, dass es sich um seine Mutter handeln musste. Richard hatte Leo mal erzählt, dass sie in New York als Journalistin arbeitete.

Während Richard über das ganze Gesicht strahlte, schien die anfängliche Freude seines Vaters bereits wieder verflogen zu sein.

Nachdem auch Leo, Bea und Angelika Frau Blankewitz begrüßt hatten, sah er seine Frau ernst an. »Aber ich habe dir doch gesagt, dass du nicht kommen brauchst«, sagte er tadelnd.

»Denkst du denn, ich sitze untätig in New York herum, während du hier im Krankenhaus liegst?«, wehrte sie entschieden ab.

»Luzi, mir geht es doch wieder gut«, versicherte Herr Blankewitz. »Du musstest wirklich nicht kommen. Ich dachte, du arbeitest gerade an einer großen Geschichte!«

Luzi Blankewitz winkte ab. »So wichtig ist die Geschichte auch nicht«, sagte sie. »Da habe ich einfach den nächsten Flug genommen, um dich bei der Eröffnungsfeier zu unterstützen.«

»Also, ich finde das super«, schaltete sich Richard ein.

»Ich ja auch«, gestand Herr Blankewitz und strich seiner Frau zärtlich über das Haar. Luzi Blankewitz sah ihren Mann mit strahlenden Augen an, dann gab sie ihm einen Kuss auf die Wange. »Gut, legen wir los! Wann beginnt die Pressekonferenz?«, wollte sie wissen.

»Pressekonferenz?«, fragte Herr Blankewitz verdattert.

»Hast du daran nicht gedacht?«, fragte seine Frau verwundert. »Ich habe vom Flughafen herumtelefoniert, ihr braucht schließlich ein bisschen Berichterstattung! Als Werbung!«

»Auf die Idee sind wir gar nicht gekommen«, musste Herr Blankewitz zugeben und sah sich Hilfe suchend nach Angelika um. Aber auch Angelika starrte nur überrascht auf Richards Mutter, die sich gerade als menschgewordener Wirbelwind entpuppte.

»Also, auf jeden Fall kommt eine alte Kollegin von mir mit Kamerateam vorbei«, redete Richards Mutter weiter und kramte in der Handtasche nach ihrem Handy. »Und jetzt rufe ich Hummel-Feinkost an. Ich nehme an, ihr habt ein Buffet geplant?«

»Es gibt Kuchen …«, sagte Herr Blankewitz.

»Sehr schön«, schnitt ihm seine Frau das Wort ab. »Hummel-Feinkost organisiert den Rest. Die machen ein wirklich vorzügliches Mango-Trüffel-Sorbet.«

Dann zeigte sie mit einem Finger auf die Tür zum Gutshaus. »Und für die Deko brauchen wir noch einen echten Profi. Vielleicht die Blumenmeisterei?«

Leo konnte deutlich sehen, dass es Herrn Blankewitz nicht ganz geheuer war, wie seine Frau gerade die Organisation des Festes an sich riss. Er schien wieder blasser geworden zu sein. Sicherlich wäre es ihm lieber, wenn die Eröffnung ohne zu viel Tamtam ablaufen würde und vor allem mit weniger Kosten verbunden wäre. Trotzdem bemühte er sich um ein Lächeln. »Gut, dann legen wir mal los«, sagte er. Seine Stimme klang allerdings nicht besonders mitreißend.

5. Kapitel

Leo hingegen war froh, dass Frau Blankewitz nun mit von der Partie war. Jetzt hatte sie mehr Zeit, sich gemeinsam mit Angelika um die Pferde zu kümmern.

Nach und nach holten sie alle Tiere von der Weide, um sie mit ganz besonderer Sorgfalt zu putzen. Großen Wert legten sie heute auf das Bürsten der Mähnen und Schweife. Denn zum Schluss bekamen alle Pferde eine kleine Girlande aus Papierblumen in die Mähne geflochten. So bildete die kunterbunte Pferdetruppe doch sichtbar eine Einheit. Nur Rosi war es schwer verständlich zu machen, dass sie diesen Schmuck den anderen Pferden nicht aus der Mähne herausknabbern durfte.

Als Angelika und Leo nach getaner Arbeit zum Gutshaus gingen, trauten sie ihren Augen kaum. Die Leute von der Blumenmeisterei hatten wirklich ganze Arbeit geleistet. Überall hingen Kränze aus zartgelben Rosen, standen Vasen und Blumengestecke. Sie gaben dem Hof einen einladenden und romantischen Glanz. Die ersten Gäste, die nach und nach eintrafen, wurden von den Hummel-Feinkost-Angestellten mit Sekt und Häppchen willkommen geheißen.

»Puh, das nennt man wohl Klotzen statt Kleckern«, entfuhr es Angelika. Leo ahnte, dass es der Pferdetrainerin lieber gewesen wäre, wenn das Fest weniger aufwendig ausgefallen wäre. Leo sah sich nach Richards Vater um. Doch während von ihm weit und breit nichts zu sehen war, schien seine Frau überall gleichzeitig zu sein. Gut gelaunt spazierte sie zwischen den immer zahlreicher eintreffenden Gästen herum, gab hier und da jemandem zur Begrüßung die Hand oder plauderte ein wenig. Endlich fuhr auch Leos Mutter auf den Hof. Leo lief sofort zu ihrem Wagen, um beim Tragen der Kuchen mitanzupacken. Gemeinsam mit zwei Helfern von Hummel-Feinkost wurden die Kuchen auf einem eigens geschmückten Tisch drapiert. Gerade als Eva Pollinger ihr Backwerk in perfekt gleiche Stücke geschnitten hatte, näherte sich Frau Blankewitz.

»Oh, der Kuchen sieht aber lecker aus! Da würde ich doch zu gerne einmal von kosten!« Sie deutete auf einen hellbraunen Kuchen mit saftigem Fruchtmus.

»Aber bitte«, sagte Leos Mutter geschmeichelt und reichte ihr einen Teller.

Frau Blankewitz schob sich einen Bissen in den Mund und zog überrascht die Augenbrauen hoch. »Das ist wirklich der köstlichste Kuchen, den ich je gegessen habe!«, rief sie. »Wie heißt der?«

Eva Pollinger lachte. »Das ist ein Quittenkonfitürenkuchen!«, sagte sie.

Luzi Blankewitz winkte ab. »Nein, nein, das kann gar nicht sein. Ich kenne doch unsere Quittenkonfitüre. Das hier schmeckt ganz anders!«

Leos Mutter lächelte stolz. »Ich habe sie noch ein wenig verfeinert. Etwas Chili, etwas Vanille …«

Leo hatte das Gespräch irritiert mitangehört. Verstohlen klaubte sie sich einen Kuchenkrümel vom Backblech. Als sie misstrauisch kostete, war auch sie überrascht. Dieser Quittenkuchen schmeckte tatsächlich ganz anders, als sie erwartet hatte. Irgendwie feiner, etwas schärfer und dabei auf sonderbare Weise auch süß. Ihre Mutter hatte wirklich ein verblüffendes Händchen für alles, was mit Backen zu tun hatte. Vielleicht hätte ihre Mutter lieber Konditorin werden sollen, dachte Leo.

Auch Frau Blankewitz schien dieser Meinung zu sein. »Sie haben da wirklich eine wunderbare Köstlichkeit gezaubert«, lobte sie Leos Mutter.

»So gewürzt würde ich die Quittenmarmelade auch essen«, entfuhr es Leo.

»Ach, sonst magst du sie wohl nicht?«, fragte Frau Blankewitz spitz.

Leo hätte sich am liebsten auf die Zunge gebissen. »Ähm, nicht so wirklich«, sagte sie kleinlaut.

»Na ja, da bist du leider nicht die Einzige«, seufzte Frau Blankewitz. »Vielen scheint das Aromenspiel der

Quitte heute einfach zu blumig und nicht mehr vollmundig genug.«

Leo hatte keine Ahnung, wovon Richards Mutter sprach. Aber das machte nichts, denn sie war schon weitergetänzelt. Also ging Leo hinüber zu Bea, um zu sehen, wie weit ihre Freundin in der Zwischenzeit mit dem großen Wandgemälde gekommen war. Zu Leos Überraschung war Bea mit ihrer Arbeit bereits fertig. Sie reinigte gerade die benutzten Pinsel und räumte die Farbtöpfe zusammen. Leo blieb einige Meter vor dem Wandgemälde stehen. Sie war beeindruckt. Natürlich kannte sie Beas Bilder, die Art, wie sie den Charakter der unterschiedlichsten Pferde einzufangen vermochte. Doch diesmal hatte Bea sich selbst übertroffen: Auf einer sonnenbeschienenen Wiese (die verblüffend der großen Koppel ähnelte) jagten zwei übermütige Friesen in gestrecktem Galopp dahin, während in der Ecke ein kleiner Tigerschecke gemütlich graste. Vor allem begeisterte Leo jedoch ein anderes Pferd, das Bea in die Mitte des Bildes gesetzt hatte: Hope! Fast meinte Leo, die glänzenden Flanken berühren zu können, so lebensecht hatte Bea Hope getroffen. Über alledem prangte stolz und in großen roten Buchstaben das neue Motto von Mooraue: »Pferdefreundliches Reiten«.

Leo seufzte zufrieden. »Wow, das ist wirklich ein Meisterwerk!«, sagte sie.

»Danke!« Bea errötete vor Freude über das Lob.

»Und wie schnell du das geschafft hast!«, wunderte sich Leo.

»Na ja, ich habe mich auch gut vorbereitet«, erklärte Bea bescheiden.

»Total pünktlich vor allem«, sagte Leo. »Gleich soll die Pressekonferenz beginnen.«

»Ich räume noch schnell auf«, sagte Bea. »Dann komme ich auch.«

Leo umarmte ihre Freundin und kehrte gut gelaunt zum Gutshaus zurück.

Auf dem Hof herrschte mittlerweile ein erhebliches Gedränge. Offenbar wollten viele Leute die Gelegenheit nutzen, den grundsanierten Moorauehof einmal selbst in Augenschein zu nehmen. Manche hatten sich dafür sogar richtig in Schale geworfen, bemerkte Leo amüsiert. Die Männer waren im besten Anzug gekommen und die Frauen in eleganten Kleidern, wie sie Leo sonst nur aus dem Fernsehen oder Illustrierten kannte. Sogar der alte Kalli war erschienen und trug einen frisch gewaschenen Blaumann, seine wirren Haare hatte er mit Wasser nach hinten gekämmt. Aber ansonsten war er noch ganz der Alte, wie Leo feststellte. Sein griesgrämiger Blick hätte gereicht, zartbesaitete Gäste zu vergraulen. Aber zum Glück nahm in der Menge niemand große Notiz von ihm. Hauptattraktion war im Augenblick das Buffet. Hier hatte sich schon eine dichte Menschentraube gebildet, nur mühsam gelang es Leo, sich den Weg zu bahnen. Schließlich entdeckte sie auch Tessa und Bibi, die etwas verloren am Rand der Menge standen.

»Wow, alles sieht ganz toll und neu aus«, sagte Bibi, nachdem sie sich begrüßt hatten.

»Aber warum habt ihr eure Pferde nicht mitgebracht?«, wollte Leo wissen.

Tessa und Bibi sahen verlegen zu Boden.

»Wenn es nach uns ginge …«, begann Bibi.

»Wir würden unsere Pferde sofort nach Mooraue bringen! Aber unsere Eltern sind dagegen«, ergänzte Tessa. »Meine sind der Meinung, dass ein Pferd in einer Box viel besser aufgehoben ist, weil die sich in der Gruppe eh nur kabbeln.«

»Meinen Eltern ist Mooraue zu teuer«, seufzte Bibi.

»Ihr müsst eure Eltern unbedingt umstimmen!«, rief Leo leidenschaftlich. »Paula und Rodin würden sich hier super wohlfühlen! Sie können sich den ganzen Tag bewegen, dadurch spart ihr letztlich garantiert Tierarztkosten. Und es wäre doch toll, wenn wir gemeinsam ausreiten könnten!«

»Ich werde es versuchen«, versprach Bibi. Auch Tessa nickte.

»Prima!«, sagte Leo und wollte sich gerade verabschieden. Doch da wurde sie von hinten unsanft angerempelt. Wenn Tessa sie nicht aufgefangen hätte, wäre Leo der Länge nach hingeschlagen.

»He, Vorsicht!«, rief sie. Doch derjenige, der sie angestoßen hatte, drehte sich nicht einmal um. Der Mann folgte hastig einer hellblonden Frau, die sich energisch ihren Weg durch die Menge bahnte. Er selbst trug eine schwere Kamera auf der Schulter. Im Schlepptau hatte er noch einen mit Umhängetaschen, Stativ und Metallkoffer beladenen jungen Mann, der kaum Schritt halten konnte. Das musste das Kamerateam sein, von dem Richards Mutter gesprochen hatte, dachte Leo. Doch sie hatte keine Zeit, die Männer und die Frau weiter zu beobachten, denn im nächsten Moment erschien auch schon Herr Blankewitz auf der Treppe des Gutshauses, um die Anwesenden zu begrüßen.

Er sah immer noch ein wenig blass aus in seinem dunklen Anzug. In der einen Hand hielt er ein zerknülltes Taschentuch. Mit der anderen griff er nach dem Geländer.

»Meine lieben Damen und Herren, Freunde des Reitsports von nah und fern, werte Gäste: Ich freue mich über Ihr zahlreiches Erscheinen heute«, sagte er und versuchte munter zu klingen. Aber Leo sah, wie er kaum merklich wankte und seine Hand sich um das Geländer krampfte.

Hoffentlich bekommt Herr Blankewitz nicht wieder einen Schwächeanfall!, dachte Leo.

6. Kapitel

Zum Glück fasste sich Herr Blankewitz rasch. »Erlauben Sie mir, Ihnen den neu gestalteten pferdefreundlichen Moorauehof vorzustellen«, sagte er und machte eine kleine Pause.

Die Leute spendeten freundlichen Applaus, vereinzelt leuchtete Blitzlicht auf.

Herr Blankewitz fuhr fort: »Was brauchen Pferde?« Er sah einen Moment lang in die Menge. »Sie brauchen Licht, Luft, Bewegung und Freunde«, antwortete er dann selbst. »Wir auf dem Moorauehof wollen unseren Pferden all dies geben. Wir glauben, dass Pferde in engen Boxen nicht gut aufgehoben sind. Wir glauben, dass es nicht reicht, wenn ein Pferd nur für ein oder zwei Stunden Auslauf bekommt. Ein Pferd ist ein Bewegungstier! Ein Herdentier! Es will mit seinen Artgenossen spielen, sich wälzen, die Sonne genießen!«, fuhr Herr Blankewitz fort. »Um all diesen Bedürfnissen unserer Pferde gerecht zu werden, haben wir den alten Moorauehof komplett saniert und pferdefreundlich gestaltet. Unsere Pferde leben nun in einem offenen Stall als Herde, sie können sich den ganzen Tag auf Laufwegen bewegen und dürfen stundenweise auf eine unserer großzügigen Weiden. Für die Fütterung mit Heu und Kraftfutter haben wir hochmoderne Fütterungsstationen. Diese haben wir über das weiträumige Gelände verteilt, sodass die Pferde immer in Bewegung bleiben.«

Leo hörte zustimmendes Gemurmel unter den Gästen. Einige Zuhörer schienen aber nicht offen zu sein für Herrn Blankewitz' Worte. Sie starrten mit skeptischen Mienen nach vorn.

Herr Blankewitz kam zum Ende seiner Rede: »Ich freue mich, dass Sie so zahlreich erschienen sind und möchte Sie bitten, sich selbst ein Bild zu machen. Bitte fühlen Sie sich so frei, diesen Tag zu nutzen, um unseren Hof, den Stall und alle anderen Einrichtungen selbst in Augenschein zu nehmen. Vielen Dank!«

Es erscholl freundlicher Applaus. Richards Vater wartete einen Augenblick ab, dann wandte er sich noch einmal an das Publikum.

»Haben Sie noch Fragen?«

Zunächst schien niemand sich melden zu wollen. Doch dann hob eine ältere Dame mit schriller roter Brille die Hand.

»Herdenleben, schön und gut«, sagte sie schnippisch. »Dann haben aber die ranghohen Tiere das Sagen und fressen den Schwächeren alles weg. Meine Meinung!«

Leo stellte sich auf die Zehenspitzen, um die Frau mit der Brille besser sehen zu können. Warum war sie hier? Zum Nörgeln?, dachte Leo empört.

Herr Blankewitz ließ sich nicht aus dem Konzept bringen. Er lächelte einnehmend. »Danke für Ihren Einwand«, sagte er. »Bei uns bekommt jedes Pferd einen Computerchip in seine Mähne geflochten. Die Pferde erhalten damit an den Futterstationen das für sie bestimmte Futter. Das ist nicht nur ideal, damit alle ausreichend Raufutter bekommen, sondern eignet sich natürlich auch als Diätmaßnahme für so manches pummelige Pony.«

Das Publikum lachte. Viele nickten zustimmend. Die Frau mit der Brille, die eben noch triumphierend geguckt hatte, blickte jetzt verlegen zu Boden.

Herr Blankewitz sah in die Menge. »Haben Sie noch weitere Fragen?«, wollte er wissen.

Die Leute waren nun mutiger geworden. »Wie viele Pferde werden denn in der Herde zusammen sein?«, fragte einer. »Wird es ihnen im Winter nicht zu kalt?«, ein anderer. Herr Blankewitz beantwortete geduldig diese und all die anderen Fragen. Schließlich schien er alle Zweifel im Publikum ausgeräumt zu haben. Er wischte sich über die Stirn. Gerade als er das Podium verlassen wollte, hob die blonde Reporterin, die mit ihrem Kamerateam gekommen war, die Hand. Sie war eine äußert hübsche Frau mit einer winzig kleinen

Stupsnase. Ihre Haare waren zu beachtlichem Volumen aufgeföhnt. Leo fragte sich, wie sie diese Haarpracht in Form halten konnte. Herr Blankewitz nickte ihr auffordernd zu. »Tini Hackenberg«, stellte sie sich mit schriller Stimme vor. Leo musste sogleich an einen Zahnarztbohrer denken.

»Es ist deutlich zu sehen, wie geschickt Sie den Hof artgerecht gestaltet haben. Aber auf dem Logo an Ihrer Fassade steht geschrieben: pferdefreundliches Reiten. Was heißt das denn nun genau?«, fragte sie ohne hörbare Punkt und Komma.

Leo sah, dass Herr Blankewitz auf diese Frage so nicht vorbereitet war. Er stutzte einen Moment. »Pferdefreundliches Reiten – das heißt: Harmonie und Verständnis, Eingehen auf die individuellen Bedürfnisse unserer Pferde und« – er stockte – »die Bedürfnisse, also, was ich damit sagen will: Sensibilität im Umgang mit jedem einzelnen Tier.«

Leo ahnte, dass sich die Reporterin mit diesen Worthülsen nicht abspeisen lassen würde. Auch Richards Vater schien dies zu spüren. »Natürlich wird Ihnen unsere Trainerin Angelika dazu einiges mehr sagen können«, setze er noch mal neu an.

»Gibt es die Möglichkeit, uns eine kleine Demonstration zu geben?«, unterbrach ihn die Reporterin mit ihrer das Trommelfell malträtierenden Stimme. »Etwas für die Kamera vielleicht?«

»Selbstverständlich«, sagte Herr Blankewitz und sah suchend ins Publikum. Seine Augen blieben an Leo hängen. »Unsere beste Reitschülerin wird Ihnen dazu eine kleine Vorführung geben.«

Leo zuckte innerlich zusammen. Damit hatte sie nun überhaupt nicht gerechnet! Hatten Hope und sie überhaupt schon genug Zeit gehabt, sich wieder aneinander zu gewöhnen? Leo hatte Angst, das bisher so gelungene Eröffnungsfest durch eine miserable Darbietung zu ruinieren. Trotzdem gab sie durch ein kurzes Nicken Richards Vater ein Zeichen, dass sie für eine Vorführung bereit war. Herr Blankewitz sah sie dankbar an.

7. Kapitel

Als Leo mit Angelika zur Weide ging, um Hope zu holen, verspürte sie ein nervöses Pochen im Magen. Doch ein kurzer Blick zu Angelika verriet, dass ihre Trainerin weit schlimmer litt. Ihr Gesicht war ganz käsig. »Habe ich dir eigentlich schon mal gesagt, dass ich fürchterliches Lampenfieber habe, wenn ich in der Öffentlichkeit sprechen soll?«, fragte sie, während ihr Blick ruhelos durch die Gegend wanderte.

»Nein, wusste ich nicht«, gab Leo zurück.

»Tja, jetzt weißt du es«, erwiderte Angelika mit etwas zu schriller Stimme und hielt Leo ihre Hand zum Befühlen hin.

»Puh, die ist ja wirklich eiskalt«, sagte Leo.

»Vielleicht bekomme ich gerade eine Grippe«, überlegte Angelika. »Ich gehöre wahrscheinlich sofort ins Bett!«

Leo musste unwillkürlich schmunzeln. So hatte sie Angelika noch nie erlebt! »Keine Angst, das ist nur die Aufregung«, beruhigte sie ihre Trainerin. Aber Angelika schien nicht besonders beruhigt. Ohne es zu bemerken, rieb sie sich unablässig die Handgelenke. »Herr Blankewitz hätte doch wenigstens vorher fragen können«, schimpfte sie dabei vor sich hin. »Und dann ist auch noch das Fernsehen da!«

Als sie die Weide erreichten, kam Hope sofort zum Gatter gelaufen, blieb aber einen Meter davor plötzlich mit erhobenem Kopf stehen. Die Stute schien Leos und Angelikas Anspannung zu spüren.

»Das hat uns gerade noch gefehlt«, stellte Angelika frustriert fest. »Jetzt habe ich auch noch Hope mit meinem Lampenfieber angesteckt.«

Leo atmete tief durch und schloss die Augen. Sie wusste, dass wenn sie sich entspannte, auch Hope entspannen würde. Also ließ sie für einen Moment all ihre Nervosität ganz bewusst zu. Eine Technik, die Leo in ihrer Zeit als Eiskunstläuferin gelernt hatte. Sie half, das Lampenfieber so zu verringern, dass sie damit umgehen konnte. Es fiel ihr zwar schwer, aber als sie aufhörte, die Angst zu bekämpfen, breitete sich eine heiße Welle in ihr aus, ihr Herzschlag beschleunigte sich, sie schwitzte. Die Angst floss durch ihren Körper, bis in ihren kleinen Zeh – und immer weiter bis hinaus in die Erde.

Als sie ihre Arme und Beine kräftig ausschüttelte, war das Lampenfieber bereits ein bisschen weniger geworden. Leo straffte die Schultern. Durch ihre Körperhaltung wollte sie Hope zeigen, dass es keinen Grund zur Aufregung mehr gab. Und tatsächlich: Es klappte! Hope kam mit gesenktem Kopf ans Gatter. Erleichtert führte Leo die Stute zum Stall. Angelika half ihr – immer noch leise vor sich hin schimpfend – beim Satteln. Nachdem Leo ihren Helm aufgesetzt und die Chaps übergezogen hatte, nahm sie ihre Trainerin fest in die Arme. »Du schaffst das«, sagte sie.

Angelika seufzte, schließlich nickte sie. Offenbar hatte sie sich in ihr Schicksal ergeben.

Leo atmete noch einmal tief durch. Dann führte sie Hope mit Angelika auf den Reitplatz, um den sich bereits viele Zuschauer versammelt hatten.

Leo löste die Zügel vom gebisslosen Reithalfter, und die Stute folgte ihr in die Mitte des Platzes. Trotz der großen Zuschauermenge war Hope mit ihrer ganzen Aufmerksamkeit bei Leo. Die Ohren in ihre Richtung gedreht, achtete sie auf die kleinsten Signale. Leo war froh, ein so kluges und sensibles Geschöpf an ihrer Seite zu haben. Sie flüsterte Hope ein paar lobende Worte ins Ohr und wuschelte ihr durch die Mähne. Dann wechselte sie einen Blick mit ihrer Trainerin, die ihr mit versteinertem Gesicht gefolgt war. Nachdem sie einander zugenickt hatten, legte Leo los. Rasch ging sie einige Schritte nach vorn. Hope folgte ihr auf dem Fuße. Leo blieb unerwartet stehen – und auch Hope stand. Nun kreuzte Leo abwechselnd die Beine und

Hope tat es ihr schattengleich mit den Vorderbeinen nach. Aus den Reihen des Publikums war anerkennendes Raunen zu hören. Leo wiederholte diese Übung noch ein weiteres Mal, und endlich gab sich Angelika einen Ruck. Sie räusperte sich, dann ergriff sie unsicher das Wort. »Wie Sie sehen, hat ein harmonischer Umgang mit Pferden viel mit guter Kommunikation zu tun«, krächzte sie. Sie räusperte sich erneut. Diesmal schien sie den Frosch im Hals losgeworden zu sein. Ihre Stimme klang klarer. »Pferd und Reiter müssen sich verstehen. Die gemeinsame Sprache besteht natürlich nicht aus Worten. Pferde sprechen mit ihrem Körper.«

Leos Nervosität war mittlerweile völlig verflogen. Stattdessen spürte sie hier auf dem Reitplatz mit Hope ein wachsendes stilles, aber tiefes Glück. Wie sehr hatte sie dieses Gefühl vermisst! Leo musste unwillkürlich lächeln.

Sie stellte sich Hope gegenüber und ging auf die Stute zu. Hope reagierte prompt und bewegte sich langsam und ohne Probleme rückwärts.

»Gerade weil wir ja immer davon ausgehen, das klügere Wesen im Pferd-Mensch-Duo zu sein, lohnt es sich, dass wir uns einmal die Mühe machen und die Sprache der Pferde erlernen«, fuhr Angelika fort, während sie nach einem passenden Ort für ihre Hände suchte. Schließlich steckte sie sie in die Hosentaschen.

Leo spürte wieder, wie sehr Angelika litt. Sie wusste, wie gut ihre Trainerin sonst mit Worten umgehen konnte. Am liebsten hätte sie sie jetzt und gleich in die Arme genommen. Aber das hätte Angelika wohl noch furchtbarer gefunden. Also machte Leo weiter mit ihrer Demonstration. Nach einer ausführlichen Streicheleinheit für Hope lief sie einen großen Kreis. Hope blieb die ganze Zeit aufmerksam an ihrer Seite. Auch als Leo den Kreis immer enger und enger zog, folgte ihr Hope, bis sie sich um ihre eigene Achse drehte. Im Publikum brandete spontaner Applaus auf. Jeder konnte spüren, wie perfekt Hope und Leo miteinander harmonierten. Mehr noch: Beide hatten Spaß an den Übungen und spulten nicht nur ein einstudiertes Programm ab.

»Es geht um Respekt und Vertrauen«, ergriff Angelika wieder das Wort. »Auf dem Boden und erst recht beim Reiten.«

Leo fühlte, dass es nun an der Zeit war, auf Hopes Rücken zu steigen, um zu zeigen, was sie und Hope noch alles konnten. Da Angelika nach der Mooraueralley vorgeschlagen hatte, beim Aufsitzen stets eine Aufstiegshilfe zu nutzen, führte sie Hope zum Zaun und schnallte die Zügel wieder ein. Während die Stute ruhig stehen blieb, erklomm Leo die weiß lackierten Holzbalken und schwang sich von dort in den Sattel. Im Publikum herrschte mit einem Mal pikiertes Schweigen.

Auch ohne sich umzusehen spürte Leo die irritierten Blicke der Zuschauer. »Kann das Mädchen etwa nicht allein auf das Pferd aufsteigen?«, schienen sie zu fragen.

Zum Glück ergriff nun wieder Angelika das Wort. Ihre Stimme klang fester als zuvor. »Pferdefreundliches Reiten beginnt bereits mit der Art, wie wir auf das Pferd hinaufkommen«, erklärte sie. »Beim Aufstieg vom Boden hängt für einige Sekunden ein enormes Gewicht an der Seite unseres Pferdes. Dass dies für die Wirbelsäule nicht gut sein kann, sollte eigentlich jedem klar sein. Noch schlimmer wird es, wenn der Reiter sich auch noch am Sattel festhält und ihn zur Seite zieht!«

Leo war mittlerweile gemächlich auf einen Mittelzirkel geritten. Nun wechselte sie vom Schritt in einen ruhigen Trab und nach einigen Runden in den Galopp. Hope streckte sich unter ihr und schnaubte entspannt. Angelika sah ihr aufmerksam zu, dann wandte sie sich wieder an das Publikum. »Pferdefreundliches Reiten heißt natürlich vor allem reiterisches Können. Ziel eines jeden Reiters sollte es sein, ausbalanciert zu sitzen und nur mit leichten Hilfen und zartem Zügelkontakt zu reiten.«

Leo wechselte wieder in den Trab zurück. Hope lief locker und gelöst auf dem Kreisbogen, ihre Schritte waren frei und weit. Ihr Ritt hatte etwas so Müheloses, Schwebendes, dass es eine wahre Freude war, den beiden zuzusehen. Angelika schien zu merken, dass hier jedes weitere Wort überflüssig war und schwieg. Leos Darbietung sprach für sich. Sie war die beste Werbung für das pferdefreundliche Reiten, die man sich wünschen konnte. Leo wechselte in den Schritt und zeigte eine Traversale, einen Seitengang, bei dem sich Hope vorwärts und gleichzeitig seitwärts bewegte. Zum Abschluss sprang sie von Hopes Rücken und gab der Stute das Kommando für eine Verbeugung. Dabei berührte Leo Hope zart am Karpalgelenk und gab das Kommando »Kompliment!«. Die Stute setzte ihre Hinterbeine einen Schritt zurück und streckte ein Bein nach vorn, während sie mit dem anderen kniete. Es sah aus, als würde sie sich verbeugen.

Das Publikum belohnte diese Vorstellung mit begeistertem Applaus. Strahlend verließ Leo mit Hope den Reitplatz. Frau Blankewitz kam ihr stolz entgegen. »Sehr gut! Wirklich sehr gut gemacht«, lobte sie, während sie Leo auf die Schulter klopfte.

»Ich habe ja auch das beste Pferd der Welt«, lachte Leo und sattelte die Stute ab, um sie zurück auf die Weide zu führen. Aber Leo kam nicht weit, denn auch Bea und Richards Vater liefen herbei, um ihr zu gratulieren.

Nur Richard wartete im Hintergrund. Schließlich kam er aber doch näher. »Na, beste Reitschülerin?«, spöttelte er.

»Wenn wir kaum Schüler haben, ist es nicht so schwer, die Beste zu sein«, gab Leo lächelnd zurück. Richard grinste und deutete eine kleine Verbeugung an. Leo streichelte Hope zärtlich über die Mähne und wollte gerade Richtung Weide gehen, als sie ihre Mutter von Weitem rufen hörte: »Leo!«, rief sie. »Leo, warte!«

Dann war sie auch schon bei ihr und drückte sie an sich. »Du warst einfach super!«

Leo freute sich. Das Lob aus ihrem Mund bedeutete Leo besonders viel. Doch als ihre Mutter einen Schritt zurücktrat, sah Leo, dass sie nicht allein war. Hinter ihr stand ein Mann mit halblangen, nach hinten gegelten Haaren und sonnenbrauner Haut. Er hatte einen leichten Bauchansatz und einige Flecken auf seinem zerknitterten, bis zum Brusthaar geöffneten Hemd. Das schien ihn aber nicht im Mindestens zu stören. Sein schnöseliger, selbstgewisser Blick ließ alle Welt wissen, dass er weit über derlei Nichtigkeiten stand.

»Das ist Harald!«, stellte Leos Mutter den Mann begeistert vor.

Leo stand nur da und bekam keinen Ton heraus. Ihr fehlten die Worte.

»Da ist ja unsere Stutenbändigerin«, rief Harald aus und lachte dabei, als habe er gerade einen besonders guten Witz gemacht. Ohne Leos Reaktion abzuwarten, streckte er sofort beide Hände nach Hope aus, um ihr ungeschickt auf die Nase zu patschen. Hope wich zurück.

»Nanu«, sagte der Mann und lachte unnötig laut. Es klang wie ein keckerndes Huhn.

Leo starrte den Mann erschrocken an. Das war Harald? Die neue Liebe ihrer Mutter? Augenblicklich wurde ihr klar, dass hier ein Problem – ein sehr großes, unsympathisches Problem – vor ihr stand.

8. Kapitel

Noch bevor die letzten Gäste den Hof verlassen hatten, war klar, dass die Eröffnungsfeier zu einem großen Erfolg geworden war. Natürlich hatte daran neben Leos Auftritt auch »Hummel Feinkost« einen nicht unerheblichen Anteil, wie zumindest Richards Mutter mehrfach betonte. Viele der Besucher hatten sich interessiert umgesehen und manch einer sogar laut darüber nachgedacht, sein Pferd nach Mooraue zu bringen. Auch wenn sich Herr Blankewitz sehr über derlei Ankündigungen freute, feste Zusagen waren etwas anderes und davon gab es leider keine.

»Ich kann nur hoffen, dass sie ihren Worten auch Taten folgen lassen werden«, sagte er enttäuscht.

Überhaupt fand Leo, dass Richards Vater jetzt sogar noch müder und abgeschlagener aussah als vor dem Fest. Ganz anders hingegen Frau Blankewitz, die seinen Einwand nicht gelten lassen wollte. Sie wirbelte ohne Pause weiter und hatte sich mit ihrem professionellen Charme bereits einen Termin beim Bürgermeister erschmeichelt, um in der kommenden Woche vor den Stadtvätern für den Hof zu werben. Vielleicht war ja eine Zusammenarbeit mit der Schule vor Ort möglich?

Angelika war mit dem Ablauf des Fests ebenfalls zufrieden. Vor allem das gänzlich unerwartete Auftauchen von Beas Stiefmutter und ihrem Vater freute sie immer noch. Sie waren tatsächlich gekommen, um Beas Wandgemälde zu sehen, und als sei das nicht Überraschung genug, waren Beas Stiefmutter dabei sogar lobende Worte herausgerutscht. Obwohl das Bild ja im Grunde aus nichts anderem als den von ihr so gehassten Pferden bestand. Das versöhnte auch Bea ein bisschen. Denn sie war unglücklich, dass sie gleich am nächsten Tag mit ihrer Familie zu einem Kanuausflug aufbrechen musste und deshalb nicht mehr Zeit auf dem Hof verbringen konnte.

Auch Leo war froh über das geglückte Eröffnungsfest – hätte sich nicht die kurze Begegnung mit Harald wie ein dunkler Schatten über den Tag gelegt. Auch jetzt, am nächsten Morgen, konnte sie das Gefühl, dass mit ihm gleich ein ganzes Bündel an Problemen in ihr Leben getreten war, nicht abschütteln. Verzweifelt überlegte sie, wie es ihr nur gelingen sollte, ihre Abneigung gegen Harald zu verbergen. Denn schließlich wünschte sie sich doch wirklich nichts mehr, als dass ihre Mutter glücklich war!

Am einfachsten wäre es wohl gewesen, wenn sie ihrer Mutter den ganzen Tag hätte ausweichen können. Aber das war nicht möglich. Eva Pollinger hantierte schon seit geraumer Zeit in der Küche lautstark mit Pfannen und Töpfen. Irgendwann musste Leo zum Frühstück das Bett verlassen.

»Wie fandest du ihn?«, platzte es auch schon aus Eva Pollinger heraus, sobald Leo im Türrahmen erschienen war. »Ist Harald nicht ein toller Mann?«

Leo wusste nicht, was sie sagen sollte. Stattdessen nickte sie nur unbestimmt und setzte sich rasch. Sie fühlte sich entsetzlich in ihrer Haut. Ihre Mutter schien das aber nicht zu bemerken. »Harald und ich, du kannst dir nicht vorstellen, was für wundervolle Gespräche wir miteinander haben! Er ist der liebste Mann, den ich je kennengelernt habe«, schwärmte sie, während sie Leo frisch gepressten Orangensaft auf den Tisch stellte.

»Woher kennt ihr euch überhaupt?«, fragte Leo ausweichend.

»Über eine Dating-Seite«, kam es wie aus der Pistole geschossen.

»Ach so«, sagte Leo und wunderte sich über sich selbst. Warum hatte sie davon nichts mitbekommen? Vielleicht war sie in der letzten Zeit einfach zu sehr mit sich und Hope und Mooraue beschäftigt gewesen? Jetzt hatte sie den Salat.

»Wir chatten schon seit Monaten!«, schob Eva Pollinger nach. »Vor ein paar Wochen haben wir uns zum ersten Mal getroffen – und stell dir vor: Es war Liebe auf den ersten Blick!«

Leo bemühte sich, fröhlich auszusehen. Trotzdem konnte sie nur ein »Freut mich« hervorpressen. Mehr fiel ihr im Moment nicht ein. Zum Glück meldete sich da ihr Handy und zeigte eine neue Textnachricht an. Dankbar stürzte sie sich darauf.

»Nachrichten, große«, las sie. »Komm sofort, treffen uns im Büro.«

»Oh, Richard hat geschrieben«, rief Leo und sprang auf. »Ich soll sofort nach Mooraue kommen!«

»Halt, halt, halt«, widersprach Leos Mutter. »Erst mal frühstücken. Dann kannst du los.«

Enttäuscht setzte sich Leo wieder.

»Und komm heute Abend bitte nicht zu spät nach Hause«, fuhr ihre Mutter fort. »Ich habe Harald um sieben zum Abendessen eingeladen, damit ihr euch etwas besser kennenlernt.«

Leo unterdrückte ein Seufzen. Auch das noch!

»Ich weiß, du wirst dich blendend mit ihm verstehen«, sagte Leos Mutter fröhlich. Statt zu antworten, verschlang Leo so schnell sie konnte ein Brötchen und stürzte das Glas Saft hinunter. Dann rannte sie aus dem Haus.

9. Kapitel

Als sie das Büro erreichte, das sich im ersten Stock des Gutshauses befand, war Leo völlig außer Atem. Richard, Angelika, der immer noch blasse Herr Blankewitz und seine Frau schienen schon länger beieinander zu sitzen und sahen Leo erwartungsvoll an, als sie eintrat. Offensichtlich hatten sie nur noch auf sie gewartet.

»Komm herein, meine Liebe«, begrüßte Frau Blankewitz sie und bot ihr einen Stuhl an. Leo setzte sich wortlos. Sie wunderte sich über die förmliche Atmosphäre und die ernsten Gesichter.

»Schön, schön«, sagte nun Herr Blankewitz. Er erhob sich und rückte seine Krawatte zurecht. »Damit wären wir dann ja vollzählig.« Leo war sich nicht sicher, ob das ein Vorwurf sein sollte. Aber noch bevor sie weiter darüber nachdenken konnte, fuhr Richards Vater fort: »Ich brauche euch ja nicht zu sagen, dass wir momentan schwierige Zeiten durchmachen. Die Arbeiten auf Gut Mooraue haben sich leider viel länger hingezogen als erwartet und jetzt stehen wir vor der vielleicht größten Herausforderung überhaupt. Es ist traurig, es sagen zu müssen, aber unser Familienunternehmen befindet sich in finanzieller Schieflage und auch Gut Mooraue arbeitet alles andere als rentabel.«

Leo war überrascht, dass Herr Blankewitz so offen sprach. Gleichzeitig fühlte sie sich auch geehrt, da diese Offenheit wohl hieß, dass sie das volle Vertrauen der Familie Blankewitz genoss. Allerdings fiel es ihr nun deutlich schwerer, weiter mit voller Aufmerksamkeit zuzuhören. Denn sofort flammte die Angst, Hope zu verlieren, wieder auf. Diesmal stärker denn je.

Richards Vater räusperte sich und fuhr fort: »Unsere Probleme – die nicht nur den Hof betreffen – können wir nur lösen, wenn wir alle fest zusammenstehen.« Richards Vater blickte mit ernster Miene zuerst aus dem Fenster und dann auf seine Zuhörer. Leo bemerkte, dass er vergessen hatte, seine dreckigen Gummistiefel auszuziehen, was weder zu seiner korrekten Art noch zu seinem Anzug passte.

»Was wir hier aufgebaut haben, soll nicht nur unseren Pferden, sondern auch den Menschen, ja, der ganzen Gesellschaft etwas geben! Dafür müssen wir sie aber auch erreichen. Unser Hof muss bekannt werden, bei viel mehr Leuten als denen, die hier gestern zu unserem kleinen Fest vorbeigekommen sind.«

Leo lauschte gespannt. Sie hatte zwar nicht die geringste Ahnung, worauf Herr Blankewitz hinauswollte, aber dass es in der Tat um große Neuigkeiten ging, so viel war klar!

»In Zeiten wie diesen besinne ich mich auf meinen Urgroßvater, Freiherr Friedrich-August von und zu Blankewitz.« Er wies auf das große Ölgemälde, das über dem Schreibtisch hing: ein streng dreinblickender Herr mit Backenbart und Kneifer auf der Nase. Sein Gesicht zierte auch das Etikett von »Blankewitz' feiner Quittenkonfitüre«.

»Wie lautet noch mal das Motto unserer Familie, Richard?«, wandte sich Herr Blankewitz an seinen Sohn.

»Inveniam Viam – Entweder ich finde einen Weg oder ich baue einen!«, kam prompt die Antwort.

»Sehr richtig.« Sein Vater lächelte zufrieden. »Ein Blankewitz gibt nicht so einfach auf! Auch dann nicht, wenn er völlig neue oder sagen wir ruhig unkonventionelle Wege beschreiten muss!«

Gerade als er Luft holte, um weiterzusprechen, räusperte sich Luzi Blankewitz vernehmlich. Ihr schien die Rede ihres Mannes wohl etwas zu ausschweifend.

»Weißt du, Leo«, übernahm sie das Gespräch, »gestern war doch eine Kollegin von mir mit ihrem Kamerateam da, Tini Hackenberg.« Leo nickte. Die Geschichte wurde immer mysteriöser.

»Nun, sie war so begeistert vom Hof, von den Pferden, von deiner Vorstellung mit Hope, dass sie gleich mit dem Chef ihres Senders gesprochen hat. Und heute früh rief sie mich an mit einem ganz, ganz tollen Vorschlag!«

Leo sah Richards Mutter erwartungsvoll an.

»Es ist wirklich eine große Chance«, fuhr diese fort. »Aber alles hängt von dir ab!«

Leo schluckte. Was – im Himmel – wollte ihr Frau Blankewitz sagen?

»Tini Hackenberg plant, eine TV-Serie hier auf dem Hof zu drehen! Eine sogenannte Reality-Soap! Da geht es um das wirkliche Leben hier bei uns, um das pferdefreundliche Reiten – und um dich und Hope!«

»Um mich und Hope?«, fragte Leo verwirrt.

»Deine Vorstellung gestern hat alle überzeugt!«, erklärte Frau Blankewitz. »Und deshalb sollst du die zentrale Figur der Serie sein.«

»Puh!«, machte Leo und lehnte sich zurück. Hope und sie im Fernsehen? Diese Idee hatte etwas Elektrisierendes, das musste sie zugeben! So könnte sie allen zeigen, was es heißt, pferdefreundlich zu reiten! Und besonders wichtig: Sie könnte zur Rettung des Hofs beitragen. Dann bräuchte sie keine Angst mehr zu haben, dass sie und Hope getrennt würden! Ihr Blick wanderte von Herrn Blankewitz zu Richard und weiter zu Angelika. »Das klingt toll!«, sagte sie. »Oder? Was meint ihr?«

»Also, ich finde, das ist eine ganz famose Idee«, erklärte Herr Blankewitz.

Richard stimmte ihm zu. »Es würde dem Hof auf jeden Fall helfen, mehr Reitschüler und Pensionspferde zu bekommen«, sagte er.

»Und du, Angelika?«, wollte Leo wissen.

Angelika sah zu Boden. Sie schien als Einzige die aufkommende Begeisterung nicht zu teilen und hätte wohl am liebsten nichts gesagt. Doch dann gab sie sich einen Ruck und begann – bedächtig wie immer – zu sprechen. »Ich finde auch, dass es eine große Chance ist«, sagte sie. »Aber ich habe auch Bedenken. Ich könnte mir vorstellen, dass so ein Kamerateam, das einen auf Schritt und Tritt verfolgt, ziemlich stören kann, vor allem die Pferde! Und wenn sich mehr Reitschüler anmelden durch die Serie: Bekommen wir dann auch die Schüler, die wir wollen? Oder nur solche, die gerne ins Fernsehen möchten? Dann haben wir hier lauter kleine Charlene Schönbrunns.«

»Also wirklich, Angelika«, polterte Luzi Blankewitz los. »So sehr ich Ihre Meinung auch zu schätzen weiß – müssen Sie eigentlich an allem etwas auszusetzen haben?«

»Wie bitte?«, rief Angelika empört. Auch Leo glaubte, sich verhört zu haben.

»Sie können auf jeden Fall eine ganz schöne Spaßbremse sein. Das muss ich Ihnen einfach mal so sagen, meine Liebe«, fuhr Frau Blankewitz fort.

»Bitte, bitte! Beruhigt euch wieder«, sagte Herr

Blankewitz. »Ich bin mir sicher, dass Angelika nur an das Wohlergehen unserer Pferde denkt. Wir sollten ihr zuhören, schließlich ist sie hier die Expertin, nicht wahr?«

Aber so leicht ließ sich seine Frau nicht beschwichtigen.

»Hast du nicht selbst gesagt, wir müssen alle den Mut haben, neue Wege zu gehen?« sagte sie. »Hast du mir nicht immer erzählt, wie die Leute deinen Urgroßvater damals verspottet haben? Wie haben sie ihn noch mal genannt? Den Marmeladenbaron von Quittenburg!«

Richard prustete los, womit er sich umgehend einen strafenden Blick von seinem Vater einhandelte. Doch auch Leo konnte sich ein Grinsen nicht verkneifen. Nur der Freiherr Friedrich-August von Blankewitz selbst war ganz und gar nicht amüsiert darüber. Er schien jetzt noch etwas strenger als zuvor auf sie herabzusehen.

»Nun gut«, sagte Richards Mutter versöhnlicher, »selbstverständlich teile ich Angelikas Sorgen, und sie weiß doch, wie ich das gemeint habe. Ich sage ja nur, dass wir solche Schwierigkeiten gemeinsam überwinden können.«

Angelika nickte zögerlich.

»Also, Leo, was meinst du denn jetzt zu der ganzen Sache? Schließlich hängt es ja an dir und Hope!«, wandte sich Luzi Blankewitz direkt an Leo.

Leo zuckte innerlich zusammen. Auf der einen Seite hätte sie gerne sofort zugesagt, um Herrn Blankewitz zu unterstützen. Andererseits wollte sie aber unbedingt alles ganz genau mit Angelika besprechen. Niemals würde sie eine Entscheidung treffen, die Angelika nicht gut fand!

»Darf ich bitte eine Nacht darüber schlafen?«, fragte Leo.

»Aber natürlich darfst du das, Leo«, beeilte sich Herr Blankewitz zu antworten, bevor seine Frau etwas sagen konnte. »Niemand verlangt von dir, dass du dich sofort entscheidest, denk in aller Ruhe darüber nach!«

»Das ist richtig, mein Kind«, schloss sich Luzi Blankewitz mit sanfter Stimme an, obwohl es offensichtlich war, dass sie Leos Zweifel am liebsten weggewischt hätte. »Sicher willst du wie wir alle nur das Beste für die Pferde und vor allem für Hope. Du wirst dich schon richtig entscheiden!«

10. Kapitel

Nachdem das Treffen beendet war, wollte Leo eigentlich sofort mit Angelika sprechen. Aber die war schneller aus dem Büro verschwunden als Leo gucken konnte. Leo fand sie weder auf dem Reitplatz noch im Stall. Also ging sie zur Weide. Wenn sie dort ihre Trainerin nicht finden würde, dann doch wenigstens Hope. In deren Nähe fühlte sie sich wohl und konnte klar denken. Und das war jetzt dringend notwendig!

Als sie am Weidentor angelangt war, konnte sie Hope zunächst nirgends ausmachen. Doch dann kam die braune Stute vom anderen Ende der Wiese wie der Wind angaloppiert. Im Schlepptau folgten ihr Fredo, Georgio und Fabulus, ja, schließlich die ganze Herde. Als Schlusslicht trabte in einigem Abstand auch Rosi hinterher. Leo musste unwillkürlich lächeln. Kurz vor dem Weidetor legte Hope noch eine extra Runde ein, dann verlangsamte sie ihren Lauf und hielt bei Leo an. Mit ihrem weichen Maul fuhr sie Leo zur Begrüßung genüsslich über das Gesicht, dann trabte sie auf die Mitte der Wiese zurück. Der Rest der Herde folgte ihr. Nur Rosinante blieb bei Leo am Zaun stehen. Gierig schob sie ihren Kopf in Leos Hände auf der Suche nach etwas Essbarem. Als sie merkte, dass Leo ihr nichts mitgebracht hatte, trollte auch sie sich wieder.

Leos Herz war beim Anblick der Herde ganz weich und leicht geworden. Alle Sorgen, die Tiere könnten sich untereinander nicht verstehen, hatten sich als unbegründet herausgestellt. Die Herde war eine bunte, aber zufriedene Gemeinschaft.

Der Einzige, der dafür überhaupt keinen Blick hatte, war der alte Kalli. Gerade kam er mit seiner Schubkarre auf die Weide, um die Pferdeäpfel aufzusammeln. Statt einer Begrüßung grummelte er nur unzusammenhängend vor sich hin.

»Äpfeln jetzt überall hin. Riesenweide. Wie soll man denn das nur alles schaffen?«, hörte ihn Leo schimpfen.

»Ich helfe Ihnen gerne«, sagte Leo, obwohl sie nicht sicher war, ob er überhaupt mit ihr gesprochen hatte. »Heute Nachmittag putze ich Hope und Rosi. Bea kommt ja heute nicht.«

Der alte Kalli sah Leo misstrauisch an. »Dieses Biest, die Rosi. Kannste machen«, sagte er schließlich und nahm seine Schubkarre wieder auf. »Striegel am besten gleich auch Georgio und Fabulus«, setzte er im Gehen noch hinzu und ließ Leo stehen. Leo blickte ihm überrascht nach. Dass ihr Hilfsangebot derart überstrapaziert würde, damit hatte sie nicht gerechnet. Wie zum Trost kam Hope wieder quer über die Wiese zu ihr gelaufen und spazierte durch das noch offene Weidetor. Leo lachte. »Sollen wir ausreiten? Würde mir gut passen!« Hope schnaubte, als wollte sie zustimmen. Gerade als Leo Hope zum Stall führen wollte, kam ihr Richard entgegen.

»Ich wollte noch mal mit dir sprechen«, sagte er, als er sie erreicht hatte.

»Ja, ich auch mit dir«, entgegnete Leo. »Weißt du, wo Angelika ist?«

»Nein, keine Ahnung«, sagte er.

»Mist.« Leo seufzte. »Ich hätte gerne noch mal ihre Meinung gehört, die ist mir echt wichtig!«

Richard antwortete nicht, sondern zuckte nur unbestimmt mit den Schultern. Leo hakte nach: »Und was denkst du? Sollen wir diese Fernsehsache machen?«

Richard zögerte einen Augenblick. Dann sagte er: »Wie schon gesagt, ich glaube, dass sie für den Hof sehr wichtig ist.«

»Du klingst wie ein Politiker«, erwiderte Leo und zog eine Grimasse.

Richard holte tief Luft. »Also, wenn du es wirklich wissen willst – ich halte von diesen Fernsehfuzzis überhaupt nichts. Aber ich mache mir wirklich Sorgen um meinen Vater. Die Doku ist vermutlich das Beste, was uns im Augenblick passieren kann. Wie du weißt, läuft es mit unseren Marmeladen gerade überhaupt nicht. Mein Vater hat aber alles Geld in den Hof gesteckt. Wenn der nicht funktioniert, sind wir pleite und müssen Mooraue und unsere Firma verkaufen!«

Das klang wirklich schlimm und Leo musste sofort wieder daran denken, was das für sie und Hope bedeuten würde. Sie schluckte kurz, dann fasste sie sich wieder. »Was soll das überhaupt für eine Sendung sein? Ich kann mir das nicht so richtig vorstellen, schließlich gucke ich kaum Fernsehen. Im Internat durften wir das nicht, und jetzt mit Hope ...«

Richard zog eine Augenbraue in die Höhe. »Was, du kennst solche Soaps nicht? Wo Millionäre durch die Welt reisen? Oder Familien ihre Mütter tauschen?«

»Ach das!«, rief Leo. »Doch, davon habe ich schon mal gehört!«

»Das hätte mich jetzt auch echt gewundert«, sagte Richard.

»Das gucken doch sehr viele Leute, das kann so doof doch nicht sein«, meinte Leo nachdenklich.

»Dann wirst du vielleicht sogar berühmt«, bemerkte Richard.

Seine Augenbraue hatte eine neue Höchstmarke erreicht.

Leo lachte. »Das ist sicher nicht das Wichtigste an der ganzen Sache.«

»Ach, komm!«, widersprach Richard. »Jetzt sag nur, dass du dir aus Ruhm und Glamour nichts machst.«

Leo dachte einen Moment nach. »Früher vielleicht«, sagte sie schließlich. »Als Eiskunstläuferin habe ich schon davon geträumt, im Rampenlicht zu stehen und etwas ganz Besonderes zu sein.«

»Und heute nicht mehr?«, hakte Richard nach, als würde er ihr das nicht abnehmen.

Leo schüttelte genervt den Kopf. Sie ärgerte sich über Richards Fragen. Wollte er sie provozieren? Er sollte sie doch besser kennen. Die Zeit mit Hope hatte ihr Leben völlig umgekrempelt. Es war ihr einfach nicht mehr wichtig, Höchstleistungen zu bringen und bei allem die Beste zu sein. Sie wollte sich nicht mehr fragen müssen, wie sie auf andere wirkte. Sie wollte einfach nur noch im Hier und Jetzt leben, die Gegenwart, die Freude, die erdige Wärme spüren, wenn sie sich an Hope schmiegte, den flirrenden Wind genießen, wenn sie auf ihrem Rücken saß.

Doch sie hatte keine Lust, Richard all dies zu erklären. Schließlich ging es auch nicht um sie, sondern um den Hof!

»Ich gehe jetzt Hope satteln«, sagte sie nur und führte die Stute an ihm vorbei Richtung Stall.

Doch auch als sie auf Hope vom Hof ritt, ärgerte Leo sich noch immer über Richard. Warum war er manchmal nur so ein Ekel? Sie hatte gedacht, dass sie nach der

Moorauerallye echte Freunde geworden wären. Ja, wenn sie ehrlich war, sah sie in Richard mehr als nur einen guten Freund! Aber dauernd musste er irgendwie an ihr herumkritteln oder sie auf die Schippe nehmen. Konnte er nicht einfach ganz normal nett sein?

Leo lenkte Hope über die große Wiese hinter dem Hof Richtung Moorschlösschen. Diesen Weg war sie zuletzt auf der Rallye geritten. Leo hatte das Gefühl, als würde das alles bereits Jahre zurückliegen. Dabei waren seither nur wenige Wochen vergangen. Der Sommer war mittlerweile auf seinem Höhepunkt, jeden Tag war es ein wenig heißer geworden. In der Ferne sah Leo die Zinnen des kleinen Schlosses. Doch anstatt wie geplant darauf zuzureiten, entschied sie sich anders und bog mit Hope in den kleinen Waldweg, der sie zum Laakensee bringen würde. Der Weg war schmal und einige Äste streiften Leos Körper. Aber das war egal, denn hier umfing sie eine herrliche Kühle. Die frische Luft klärte ihren Kopf. Die Welt außerhalb des Waldes wurde nach wenigen Minuten immer kleiner und unbedeutender. Leo fühlte sich vollkommen eins mit Hope, ihren wunderbar weichen Bewegungen, dem Wald, den Sonnenstrahlen, die durch die Zweige brachen und tanzende Muster auf Hopes braunes Fell malten. Leo hätte ewig so weiterreiten können. Doch Hope war nicht im Training und brauchte bei der Hitze eine Pause. Sie stieg ab, setzte sich unter einen Baum und schloss die Augen. Sie lauschte den Geräuschen des Waldes, während Hope neben ihr friedlich graste und zufrieden schnaubte.

Für den Moment schienen Leo alle Fragen und Entscheidungen, ja sogar die drückenden Sorgen um die Zukunft des Pferdehofs, so unendlich weit weg wie die Wolken am Himmel. Obwohl nur einen kurzen Ritt entfernt, war es, als ob Mooraue in einer anderen Welt läge, als ob der Wald mit seiner Lichtung nur ihnen beiden gehörte, nur Leo und Hope diesen Ort betreten konnten. Leo musste bei dem Gedanken unwillkürlich lächeln. Am liebsten wäre sie für immer hier sitzen geblieben.

Leo hatte keine Ahnung, wie lange sie gemeinsam mit Hope die Ruhe genossen hatte. Aber als sie sich endlich auf den Heimweg machten, war die grelle Mittagssonne schon weit nach Westen gewandert.

Erschrocken fiel Leo wieder ein, dass sie ein Versprechen gegeben hatte. So schnell wie möglich ritt sie heim, um nicht nur Hope zu versorgen, sondern auch Rosi und die anderen Pferde zu striegeln.

Als sie endlich mit allem fertig war, war es Abend geworden. Leo wurde klar, dass sie sich heillos verspätet hatte.

Verschwitzt und schmutzig machte sie sich auf den Weg nach Hause. Dort wartete bereits seit einer halben Stunde Besuch.

11. Kapitel

Leo betrat die Wohnung und huschte sofort ins Badezimmer, um sich zu waschen. Zum Glück hatte die Kocherei offenbar erheblich länger gedauert als geplant. Leo hörte, wie ihre Mutter mit Harald lachend in der Küche herumwerkelte. Dass sie sich verspätet hatte, war den beiden offenbar gar nicht aufgefallen.

Als Leo fertig war, kämmte sie sich die Haare und machte vor dem Spiegel probehalber ein freundliches Gesicht. Obwohl sie Harald keine großen Chancen einräumte, noch bei ihr zu punkten, wollte sie sich ihrer Mutter zuliebe alle Mühe geben, damit es ein schöner und harmonischer Abend werden würde.

Als Leo ins Wohnzimmer kam, erwartete sie eine kleine Überraschung. Ihre Mutter hatte das gute Porzellan aus dem Schrank geholt. Der Tisch war festlich gedeckt, sogar Kerzen brannten. Das kam wirklich selten vor!

»Wow, das sieht ja toll aus«, entfuhr es Leo.

»Wir haben ja auch etwas zu feiern«, erwiderte ihre Mutter, während sie die guten Kristallgläser ins Zimmer trug. Erst jetzt fiel Leo auf, was für einen enormen Kohldampf sie hatte.

»Was gibt es denn Leckeres?«, fragte sie und setzte sich.

Harald, der ein Tablett mit drei kleinen Tellerchen auf dem Tisch abstellte, erklärte stolz: »Also, pardon, zuerst haben wir hier einen frischen Apfelsalat mit geflämmter Jakobsmuschel und danach gibt es Seezunge sous-vide an Kerbelknolle mit Königsausternpilz und geriebener Haselnuss.«

»Su-was?«, fragte Leo.

»Sous-vide«, wiederholte Harald, »Fisch unter Luftabschluss gegart.«

»Klingt … interessant«, sagte Leo und warf einen hungrigen Blick auf das Tellerchen mit dem Apfelsalat, das ihr Harald reichte. Die Portion war ziemlich klein, sogar winzig, wie Leo feststellen musste. Ohne Leos enttäuschten Blick zu bemerken, redete ihre Mutter gleich weiter: »Harald ist nämlich Koch!«, sagte sie und strahlte bis über beide Ohren, als wäre Harald somit etwas Ähnliches wie Bundespräsident und Papst in einer Person. »Sternekoch«, fügte sie hinzu.

»Ich habe mein eigenes kleines Restaurant, schau mal hier«, sagte Harald angeberisch und zeigte auf seine Hemdbrust, wo unter etwas, das wie ein langgezogener Soßenfleck aussah, »Fischrestaurant Westerdiek« eingestickt war.

Leo überlegte einen Moment, wo sie diesen komischen Fleck schon mal gesehen hatte. Dann fiel es ihr ein: Der Soßenfleck stellte den Umriss von Sylt dar. Die Insel lag in der Nordsee und war bevorzugtes Reiseziel von Charlene Schönbrunn und ihren Eltern, wie Leo einmal versehentlich mitgehört hatte.

»Ist Sylt nicht ziemlich teuer?«, fragte sie, während sie sich einen Happen Apfelsalat auf die Gabel schob.

»Wir haben in der Tat recht anspruchsvolle Gäste«, erklärte Harald stolz. »Einige von ihnen kennst du bestimmt aus dem Fernsehen.«

»Das ist doch aufregend, oder?«, fragte ihre Mutter. »Vielleicht stellt dir Harald ja mal welche vor!«

Leo verzog das Gesicht. Was hatte auf einmal jeder mit diesen Promis? Auf keinen Fall wollte sie ins Fischrestaurant Westerdiek. Schon gar nicht, wenn die Portionen dort genauso klein ausfielen wie bei diesem Salat hier. Selbst die zierlichen Schnittchen von Feinkost Hummel erschienen Leo jetzt üppig im Vergleich dazu. Obwohl sie noch das letzte Apfelfitzelchen wegputzte, fühlte sie sich hungriger als zuvor, falls so was überhaupt möglich war.

Als Harald sich erhob, um den Hauptgang aus der Küche zu holen, ergriff Eva Pollinger Leos Hand. »Und?«, fragte sie leise und strahlte ihre Tochter mit glänzenden Augen an. Es gab keinen Zweifel: Ihre Mutter war bis über beide Ohren verliebt.

Leo tat so, als würde sie die Frage nicht verstehen.

»Doch. Schmeckt lecker, ja«, sagte sie und lächelte tapfer. Zum Glück tauchte Harald gleich wieder auf.

»Taa-daa!«, rief er und präsentierte die Seezunge. Auch diese Portion war nicht sonderlich groß. Im Gegensatz dazu zog sich das Essen furchtbar in die Länge. Denn Harald erzählte nun ausführlich von seinem Restaurant. Dass es auf Sylt für seine hervorragende Küche bekannt sei, dass es nicht nur mit einem, sondern gleich mit zwei Sternen ausgezeichnet worden war. Er zählte auf, welche berühmten Gäste sein Lokal besuchten und mit welchen Worten sie sein Essen lobten.

»Es war wirklich absolut köstlich«, sagte Leos Mutter, als sie aufgegessen hatte. »Von mir hättest du noch einen Stern dazu bekommen!«

»Pardon, das ist lieb von dir«, sagte Harald und nahm ihre Hand. Leo sah schnell an die Decke. Als sie den Blick wieder senkte, saßen Harald und ihre Mutter immer noch Hand in Hand da. Doch ihre Blicke, die auf Leo gerichtet waren, wurden auf einmal ungewöhnlich ernst. Eva Pollinger räusperte sich. Leo bekam das ungute Gefühl, dass ihr gleich etwas Unangenehmes offenbart werden würde. Und so war es auch.

»Leo, ich weiß, das wird nicht leicht für dich. Ich mache es auch ganz kurz«, begann ihre Mutter und sah verlegen zu Boden. »Harald hat mich gefragt, ob ich zu ihm nach Sylt ziehen möchte.«

Leo spürte, wie ihr mit einem Mal heiß und kalt wurde. Erschrocken sah sie ihre Mutter an. »Nach Sylt?«, wiederholte sie mit aufgerissenen Augen.

Harald schien Leos Schockstarre überhaupt nicht zu bemerken.

»Deine Mutter würde sich im Restaurant um die Desserts kümmern! Sie backt die leckersten Kuchen, die ich je gekostet habe. Als sie mir ihre großartige Linzer Torte geschickt hat, wusste ich sofort, dass ich sie bei mir haben muss! So eine Torte hat es im Westerdiek noch nie gegeben!«, plapperte er drauflos.

Leo hörte überhaupt nicht zu. Tränen stiegen ihr in die Augen. »Aber was wird dann aus mir?«, fragte sie ihre Mutter.

Eva Pollinger konnte Leo kaum in die Augen blicken. Sie wusste, was sie da von ihrer Tochter verlangte.

»Na, du kommst natürlich mit!«, polterte Harald und war im Begriff, Leo aufmunternd auf die Schulter zu klopfen. Erst im letzten Moment besann er sich und zog seine Hand zurück.

Leo sah ihre Mutter unverwandt an. »Was ist mit Hope?«, fragte sie. Ihre Stimme war so leise, dass sie kaum noch zu hören war.

Harald runzelte die Stirn. »Ach so, dieses Pferd, auf dem du reiten darfst. Wie heißt es noch?«, sagte er, ohne zu merken, dass Leo nicht mit ihm, sondern mit ihrer Mutter sprach. »Auf Sylt gibt es natürlich auch Pferde! Da findest du bestimmt schnell irgendein neues!«

»Irgendein neues?« Leo drehte langsam den Kopf und sah Harald mit blitzenden Augen an. Was redete er da? Leo wusste nicht, ob sie heulen oder vor Wut schreien sollte. Natürlich wünschte sie ihrer Mutter nur das Beste – eine neue Liebe, einen neuen Job – aber musste das auf ihre Kosten sein? Den Verlust von Hope würde sie niemals verkraften. Das wurde ihr in diesem Augenblick noch einmal schlagartig klar.

Leo starrte ein paar Sekunden wortlos auf die Tischplatte. Dann sagte sie, ohne lange zu überlegen: »Ich kann nicht mitkommen.«

»Aber Leo!«, rief Eva Pollinger.

»Lasst mich ausreden!« Leo hob abwehrend die Hand. »Ich kann nicht mitkommen«, wiederholte sie. »Auf Mooraue wird eine Fernsehdoku gedreht, eine Reality Show. Und ich bin die Hauptperson. Zusammen mit Hope.«

»Wirklich?«, stieß Eva Pollinger entgeistert hervor.

»Ja, wirklich«, bestätigte Leo.

»Aber du kannst doch nicht einfach so … ohne mich zu fragen!«, widersprach ihre Mutter.

»Du hast doch gesagt, dass Herr Blankewitz jede nur erdenkliche Unterstützung verdient, erinnerst du dich?«, entgegnete Leo trotzig.

»Aber damit meinte ich doch nicht …« Leos Mutter

suchte noch nach Worten, als Harald sich einschaltete. »Eva, aber natürlich wird Leo da mitmachen. Schau mal, das ist wirklich eine tolle Chance für sie!«

Hatte Leo sich verhört? Erstaunt sah sie Harald an.

»So eine Sendung, pardon, das kann der Einstieg in eine große Karriere sein«, fuhr er fort. »Vielleicht wird Leo ja mal Schauspielerin. Diese Chance darfst du deiner Tochter auf keinen Fall nehmen! Das ist eine ganz, ganz große und wichtige Sache!«

Eva Pollinger machte ein Gesicht, als würde sie kein Wort verstehen. »Aber wir wollten doch nach Sylt kommen«, sagte sie.

»Werdet ihr auch«, versprach Harald und zwinkerte Leo komplizenhaft zu. »Nur halt etwas später.«

Leo war völlig baff. Mit einer solchen Wendung hätte sie nie im Leben gerechnet. Trotzdem musste sie sich zu einem Lächeln zwingen. Irgendwie hatte sie das Gefühl, gerade ein großes Stück Kontrolle über ihr Leben aufgegeben zu haben.

12. Kapitel

Sobald das Essen vorüber war, verzog sich Leo in ihr Zimmer und schnappte sich das Handy. »Bin dabei!«, schrieb sie an Richard und schickte zur Sicherheit noch ein paar Ausrufezeichen hinterher. Doch obwohl sie noch eine ganze Stunde wartete, bekam sie keine Antwort. Etwas beunruhigt ging Leo zu Bett und versuchte zu schlafen. Da sie aber immer wieder auf ihr Handy schaute, verbrachte sie eine unruhige Nacht. Bis zum Morgen hatte sich Richard nicht gemeldet. Also versuchte sie, ihn anzurufen. Aber Richard ging nicht ans Telefon. Schließlich entschied sich Leo, eine Nachricht an Herrn Blankewitz zu schreiben. Sie befürchtete immer mehr, dass die TV-Doku aus irgendeinem Grund abgesagt worden war. »Wichtig! Bin auf jeden Fall dabei!!!«, schrieb Leo deshalb. Mit klopfendem Herzen wartete sie auf eine Nachricht oder einen Anruf.

Aber auch Herr Blankewitz meldete sich nicht. Leo wusste weder ein noch aus. Sie probierte erneut,

Richard anzurufen. Doch auch nach langem Klingeln ging er nicht ran. Mittlerweile war sich Leo sicher, dass etwas passiert sein musste.

Beim Frühstück versuchte Leo sich die Anspannung nicht anmerken zu lassen. Stattdessen zeigte sie eine offensichtlich verkrampft gute Laune, die ihre Mutter eigentlich hätte stutzig machen müssen. Aber Eva Pollinger war mit ihren Gedanken ganz woanders. Harald war noch am Abend in sein Hotel gefahren und sie wollte ihn gleich abholen und zum Bahnhof bringen. In ein paar Tagen würde er wiederkommen.

Sobald wie möglich machte Leo sich auf den Weg nach Mooraue. Auf dem Hof war zu ihrer Überraschung weit und breit niemand zu sehen. Auch der Wagen von Richards Vater war nicht wie üblich vor dem Haus geparkt. Ratlos ging sie zum Büro. Doch das war abgesperrt. Ihre Nerven waren mittlerweile dünn wie Seidenfäden. Was war hier los?

Gerade als sie beschlossen hatte, zum Offenstall zu gehen, näherten sich Motorengeräusche. Es war der Mercedes von Herrn Blankewitz. Doch als der Wagen hielt, öffnete nicht Herr, sondern Frau Blankewitz die Fahrertür. Auf der anderen Seite stieg Richard aus. Leo konnte nicht anders, ihre Anspannung musste sich irgendwie entladen. »Warum hast du nicht geantwortet?«, blaffte sie Richard an.

»Stimmt, habe ich nicht. Entschuldige«, murmelte der nur. An seine Mutter gewandt sagte er: »Leo macht bei der Doku mit. Hatte ich vergessen zu sagen.«

Leo verstand nur noch Bahnhof. »Vergessen? Ich dachte, es wäre wichtig. Und ich habe doch auch an deinen Vater geschrieben ...«

Aber Leo kam nicht weiter, Frau Blankewitz unterbrach sie: »Viktor ist seit gestern Abend wieder im Krankenhaus«, sagte sie.

»Im Krankenhaus?«, wiederholte Leo ungläubig. Sie hatte das Gefühl, krebsrot anzulaufen. Herrn Blankewitz ging es schlecht, und sie machte hier so ein Theater!

»Aber diesmal bleibt er auch da«, fuhr Luzi Blankewitz fort. »Er hat nämlich schon seit zwei Wochen eine ausgewachsene Sommergrippe. Und statt sich auszukurieren, läuft er die ganze Zeit in der Gegend herum! Das ist wieder einmal so typisch für ihn!«

Leo erschrak. Sie erinnerte sich nur zu gut an ihre eigene Grippe, die sie Anfang des Jahres ins Bett gezwungen hatte. Seitdem wusste sie genau, dass eine Virusgrippe mehr war als eine bloße Erkältung. Eine ganze Woche lang hatte sie hohes Fieber gehabt, alle Knochen schmerzten. Noch nie hatte sie sich so müde und kraftlos gefühlt. Und mit solch einer fiesen Erkrankung hatte Herr Blankewitz sich gezwungen, auf den Beinen zu bleiben? Kein Wunder, dass er blass und abgekämpft ausgesehen hatte!

»Und weil er die Grippe tüchtig verschleppt hat, braucht er jetzt viel länger, um sie auszukurieren. Er hat nämlich schon eine leichte Herzmuskelentzündung! Gleich nach dem Krankenhaus geht es in die Rehaklinik.«

Für einen Moment war Leo zwar beruhigt, dass Herr Blankewitz nun behandelt und gesund werden würde. Doch im nächsten Moment fühlte sie eine tonnenschwere Last: Die TV-Doku würde nun sicher nicht stattfinden! Innerhalb von Sekunden wurde Leo eiskalt, sie fröstelte. Vor ihrem geistigen Auge sah sie sich die Koffer packen, mit ihrer Mutter ins Auto steigen und wegfahren. Weg von Mooraue, weg von Hope. Leo musste schlucken. Tränen stiegen ihr in die Augen.

»Leo, lass den Quatsch, du musst jetzt echt nicht heulen«, sagte Richard. »Es ist doch gut, wenn wir jetzt wissen, was er hat.«

Leo wischte sich eine Träne aus den Augen. »Nein, es ist nur …« Sie sammelte sich. »Dass mit der Doku ist jetzt abgesagt, nehme ich an?«

Luzi Blankewitz sah Leo groß an. »Die Doku? Nein, Schätzchen, da habe ich gestern schon fest zugesagt«, antwortete sie. »Ich konnte mir beim besten Willen nicht vorstellen, dass du ein so tolles Angebot ablehnen würdest.«

Leo wusste für einen Moment nicht, was sie sagen sollte. Einerseits erleichterte sie diese Nachricht. Auf der anderen Seite fühlte sie sich von Luzi Blankewitz nicht ernst genommen. Wie konnte sie in ihrem Namen eine so wichtige Entscheidung treffen?

Richards Mutter bekam von Leos Gefühlswirrwarr nichts mit. »Für die Doku brauchen wir Viktor ja nicht«, erklärte sie. »Schließlich bin ich jetzt da.«

»Prima, fein«, sagte Leo.

»Sehr schön, meine Liebe«, sagte Luzi Blankewitz. »Heute Abend findet im Sender eine Warm-up-Party statt«, fuhr sie fort.

»Eine was?«, fragte Leo.

»Eine Kennenlern-Party«, erklärte Frau Blankewitz. »Es wäre schön, wenn du und deine Mutter Zeit hätten.«

»Ah, okay, ich frage sie«, sagte Leo.

»Gut, dann holen wir euch heute Abend um sechs Uhr bei dir zu Hause ab«, sagte Luzi Blankewitz. Gemeinsam mit Richard ging sie zum Gutshaus. Während Leo sich noch fragte, was sie nun als Erstes tun sollte, hörte sie das Klappern von Hufen. Als sie sich umsah, entdeckte sie Angelika, die gerade Fabulus vom Stall zum Reitplatz führte. Bei ihrem Anblick zuckte Leo vor Schreck zusammen. Denn nun fiel es ihr siedend heiß ein: Sie hatte ganz vergessen, mit ihrer Trainerin zu sprechen!

Schuldbewusst eilte sie zu ihr. »Angelika, warte! Ich muss mit dir reden!«, rief sie.

Angelika blieb mit Fabulus stehen und sah Leo an. »Klar, was ist denn?«

»Die Doku!«, sagte Leo. »Ich wollte dir Bescheid sagen, dass ich zugestimmt habe!«

Angelika schwieg einen Moment. »Oh«, sagte sie und dann knapp: »Gut zu wissen.«

Leo hatte den Eindruck, dass Angelikas Stimme kühler war als sonst. Oder irrte sie sich? Leo fühlte, dass sie einen großen Fehler gemacht hatte. Warum hatte sie nicht vorher mit Angelika gesprochen! Wahrscheinlich fühlte sie sich völlig übergangen!

»Es tut mir leid, ich …«, begann Leo zu stammeln.

Aber Angelika unterbrach sie. »Kein Problem«, sagte sie und lächelte. Aber Leo schien es, als läge in diesem Lächeln ein großes Stück Traurigkeit.

13. Kapitel

Noch den ganzen Tag machte sich Leo Vorwürfe, weil sie es versäumt hatte, ihre Entscheidung mit Angelika zu besprechen. Sie konnte an nichts anderes denken. Wann immer sie die Trainerin auf dem Hof sah, ging sie auf sie zu, um mit ihr ins Gespräch zu kommen. Aber Angelika wich ihr jedes Mal aus.

Gegen Mittag rief Leo ihre Mutter im Büro an, um ihr von der Party zu erzählen.

»Liebes, was ist denn?«, wollte Eva Pollinger wissen.

»Es geht um die Doku«, sagte Leo.

»Ach, die Dreharbeiten«, seufzte ihre Mutter.

Leo tat ihre Mutter plötzlich leid. Ihr wurde mit einem Schlag bewusst, dass ihre Mutter wegen ihr auf so vieles, was ihr wichtig war, verzichten musste.

»Entschuldige, dass ich dich damit gestern so überrumpelt habe«, sagte sie. »Ich weiß, dass dir das gerade gar nicht in den Kram passt und du lieber nach Sylt möchtest.«

»Ist schon in Ordnung«, sagte Leos Mutter versöhnlich. »Ich habe mit Harald gestern noch alles ausführlich besprochen. Die Dreharbeiten sind ja kein Dauerzustand. Wer weiß, wenn die Sendung nicht erfolgreich ist – was wir alle natürlich nicht hoffen«, schob sie schnell ein, »dann fahren wir vielleicht doch schneller als gedacht.«

Leo schluckte. »Ja, wer weiß«, sagte sie. Dann erzählte sie von der bevorstehenden Zusammenkunft im Sender. Eva Pollinger sagte sofort zu, sie schien sich sogar ein bisschen über die Einladung zu freuen.

Den Rest des Nachmittags verbrachte Leo mit Hope auf dem Reitplatz, um Seitengänge zu üben. Da dies ihre volle Konzentration beanspruchte, konnte sie die Probleme um sich herum wenigstens für eine Stunde vergessen. Aber sobald sie von Hopes Rücken abstieg, war alles sofort wieder da.

»Hoffentlich nimmst du mir meine Entscheidung nicht übel«, flüsterte Leo Hope ins Ohr, als sie sie zurück zum Stall führte. »Aber es ist im Moment die einzige Möglichkeit, damit wir länger zusammenbleiben können!«

Hope schnaubte freundlich. Ihr Blick war sanft und vertrauensvoll. Aber genau das machte Leo traurig.

Mit düsteren Gedanken verließ Leo heute früher als sonst den Hof. Sie wollte sich in Ruhe für die Party fertigmachen. Zu Hause musste sie allerdings feststellen, dass ihre Mutter bereits das Badezimmer blockierte, um sich mit einer aufwendigen Frisur auf den Abend vorzubereiten. Also beschloss Leo, so zu bleiben wie sie war, nämlich in Jeans und T-Shirt. Lediglich ihre Turnschuhe tauschte sie gegen ein paar weiße Ballerinas.

Als Eva Pollinger endlich das Badezimmer freigab, sah sie tatsächlich wunderschön aus. Ihr Haar hatte sie zu einer lockeren Flechtfrisur gesteckt, die schönen Augen mit einem geschwungenen Lidstrich verziert.

Auch Luzi Blankewitz, die pünktlich um sechs Uhr an der Tür klingelte, hatte sich herausgeputzt. Sie duftete nach einem exklusiven Parfum und an ihrem Arm baumelte eine zierliche Designer-Handtasche mit goldenen Troddeln. Richard hatte die Haare zum Scheitel frisiert und trug einen hellblauen Anzug. »Schick«, sagte Leo und meinte es durchaus ernst. Aber Richard reagierte nicht, er blieb ungerührt. Wahrscheinlich war er mit seinen Gedanken ganz woanders, vermutlich bei seinem Vater, dachte Leo. Die Fahrt dauerte länger als gedacht, durch die Stadt und vorbei an Feldern und kleinen Dörfern, bis sie schließlich in das Industriegebiet neben dem alten Kraftwerk einbogen. Leo befürchtete schon, dass sie sich verfahren hatten, als sie plötzlich das Schild sah: »RT MEGA« stand da in übergroßen neongelben Buchstaben.

Von außen wirkte das Gebäude wie aus dem vorletzten Jahrhundert, aber innen war alles supermodern und edel eingerichtet. Überall Glas, Stahl und unverputzter Beton. Luzi Blankewitz meldete ihre Ankunft dem Pförtner, der sofort eilfertig telefonierte. Nach wenigen Minuten machte es plötzlich »Ding!«, und Tini Hackenberg schwebte aus dem Aufzug.

»Luuuzi, meine Liebe! Ich freu mich ja so, dass ihr da seid!«, rief sie mit einer Stimme, die das Glas der Pförtnerloge zum Vibrieren brachte. Dann begrüßte sie alle nacheinander mit Küsschen links und Küsschen rechts. »Dann kommt mal mit hoch, ich stelle euch meine Crew vor!«

Gemeinsam fuhren sie im Aufzug in den zweiten Stock, wo sie schon von einer jungen Frau erwartet wurden. »Hi, ich bin Marlies«, sagte sie und reichte Leo einen Besucherausweis. Auf dem Kärtchen, das an einem roten Band baumelte, stand: »Ein Paradies für Pferde« und darunter: »Cast: Leo Pollinger«.

»Marlies ist unsere Produktionsassistentin«, erklärte Tini Hackenberg. »Sie kümmert sich um alles rund um die Produktion. Wenn ihr mal ein Problem habt, wendet euch an sie. Ach, und übrigens: Wir duzen uns hier natürlich!«

»Das gilt auch für mich«, verkündete ein älterer Herr im dunklen Anzug, der sich zwischen Leo und Tini Hackenberg geschoben hatte. »Ich schmeiß den ganzen Laden hier: Thomas Beck«, stellte er sich vor. Er hatte eine tiefe, wohlklingende Stimme, mit der er Waschmittelwerbung hätte machen können.

»Der Senderchef«, erläuterte Tini Hackenberg. »Wir nennen ihn aber nur unseren Big Bossi.«

»Dann kommt mal mit«, sagte Big Bossi und führte die Gruppe einen langen Gang entlang in sein geräumiges Büro, in dem gemütliche Sessel standen. Auf dem Tisch waren ein paar Häppchen vorbereitet worden. Gerade als Leo Platz nehmen wollte, kamen noch zwei Personen dazu. »Die beiden kennt ihr ja schon, das sind Manfred, unser Kameramann, und Toni hier ist für den Ton verantwortlich«, stellte Tini Hackenberg vor.

Leo wusste sofort Bescheid. Schließlich hatte Manfred sie auf dem Eröffnungsfest unsanft zur Seite gerempelt. Der Kameramann brummelte etwas in seinen Schnauzbart, das wie ein Hallo klang.

Toni, der Tonmann, winkte kurz, schien aber mehr am Buffet interessiert. Leo, ihre Mutter, Luzi Blankewitz und Richard nahmen Platz, und Marlies servierte Champagner. Für Leo und Richard wurde Saft gebracht.

Nachdem man gläserklirrend angestoßen hatte, lehnte sich der Senderchef in seinem Sessel zurück, schlug die Beine übereinander und verkündete mit seiner Waschmittelwerbestimme: »Und jetzt, Kinder, habe ich für euch die größte Überraschung überhaupt!«

Sofort sahen alle Big Bossi erwartungsvoll an.

»Wir fangen gleich morgen mit den Dreharbeiten für ›Ein Paradies für Pferde‹ an!«, sagte er und beobachtete dabei die Wirkung seines Satzes.

»Morgen!«, rief Eva Pollinger aus. »Das kommt jetzt aber doch ein bisschen plötzlich, warum muss es denn auf einmal so schnell gehen?«

»Da ist unerwartet ein Sendeplatz freigeworden«, erklärte Big Bossi. »Und wir müssen es ja schließlich ausnutzen, dass Leo Sommerferien hat.«

»Warum ist der so plötzlich freigeworden, dieser Sendeplatz?«, wollte Leo wissen.

Big Bossi, Marlies und Tini Hackenberg sahen Leo verdutzt an.

»Oh, das ist etwas kompliziert«, setzte Marlies an.

»Ach was, kompliziert!«, unterbrach Big Bossi sie. »Die Sendung wurde abgesetzt. Ganz einfach!«

»Ja, sie lief nicht, leider«, schob Tini Hackenberg mit einem demonstrativ traurigen Gesicht hinterher.

»Kann das mit unserer Sendung auch passieren?«, fragte Leo.

»Mach dir da mal keinen Kopf«, sagte Big Bossi amüsiert. »Ich bin verdammt zuversichtlich, was dieses Projekt angeht: Tiere und Mädels gehen immer, das ist eine eiserne Regel im Showbiz.«

Während Leo zweifelnd den Blick ihrer Mutter suchte, erhob Big Bossi noch einmal sein Glas. Auch der Rest der Crew griff rasch nach ihren Getränken. »Stoßen wir also noch einmal an! Auf unser neues Projekt: ›Ein Paradies für Pferde‹! Auf ein gutes Gelingen und toi toi toi!«

14. Kapitel

Am nächsten Morgen war Leo bereits um sieben Uhr früh auf dem Pferdehof. Aber die Filmcrew war schon vor ihr da. Auf dem Hof parkte ein großer Kombi mit dem Schriftzug des Senders. Tini Hackenberg gab ihrer Crew, bestehend aus Toni, Manfred und der Produktionsassistentin Marlies, mit gewohnt schriller Stimme Anweisungen, sodass Leo sie schon von Weitem hören konnte. »Wir brauchen vor allem ganz viel Gefühl, aber auch Konflikt und Drama, wir müssen die Faszination des Reitens einfangen und die Augen offen halten für die besonderen Momente«, schallte es über den Hof.

Gerade als Leo die Gruppe erreicht hatte, kam auch Frau Blankewitz mit Angelika aus dem Gutshaus. Im Schlepptau hatten sie den alten Kalli, der wie üblich mürrisch dreinschaute. »Das sind unsere Angestellten: Angelika und Herr Kallhuber«, stellte Luzi Blankewitz die beiden vor. Leo sah, wie Angelikas Augenbraue kritisch nach oben schoss. Auch Leo wunderte sich, schließlich war Angelika nicht nur irgendeine Angestellte, sondern – wie sie fand – das Herz von Mooraue! Aber Leo verzichtete darauf, zu protestieren.

Gemeinsam gingen sie zu dem großen Offenstall mit Rundweg, wo die kleine Herde die Nacht verbracht hatte und nun auf den Gang zur Weide wartete.

»Gut, dann fangen wir gleich an zu drehen«, entschied Tini Hackenberg. Toni reichte Manfred die Kamera, er selbst stülpte sich Kopfhörer über und fummelte an einem Kasten mit vielen Knöpfen, von dem Leo vermutete, dass es sich um ein Aufnahmegerät handelte.

Als sie den Stall betraten, klatschte Tini Hackenberg verzückt in die Hände. »Ah, da sind ja unsere Hauptdarsteller!«, rief sie, und ihre Stimme war vor lauter Begeisterung schriller denn je. Die Pferde reagierten prompt, indem sie sich hektisch in eine Ecke drängten. Nur Hope blieb im vorderen Bereich des Stalls, als wollte sie die anderen Pferde abschirmen. Unruhig spielten ihre Ohren, wie bewegliche Antennen in Alarmbereitschaft.

»Schsch, alles gut«, beruhigte Angelika die Pferde und bat das Kamerateam einen Schritt zurückzutreten, damit sie das Tor öffnen konnte. Im nächsten Moment rannten die Pferde schon an ihnen vorbei aus dem Stall und weiter Richtung Weide. Gerade als auch Angelika das Gebäude verlassen wollte, hielt Tini Hackenberg sie zurück.

»Es wäre schön, wenn Sie sich kurz vorstellen und Ihre Tätigkeit hier auf dem Hof beschreiben könnten«, sagte die Redakteurin.

Angelika wurde blass. »Wie bitte?«, fragte sie verdattert.

»Sprechen Sie einfach frei in die Kamera«, bat Tini Hackenberg fröhlich und machte Manfred ein Zeichen, dass er die Kamera auf Angelika richten sollte. Leo sah, wie ihre Trainerin unruhig wurde. Sie ahnte warum. Schließlich machte so eine Fernsehkamera wohl jeden nervös. Wie schlimm musste es erst für Angelika sein, die panische Angst davor hatte, in der Öffentlichkeit zu sprechen! Leo schien mit dieser Vermutung richtig zu liegen, denn Angelika sagte hektisch: »Später vielleicht«, dann eilte sie abrupt mit gesenktem Blick davon.

»Hm, okay«, sagte Tini Hackenberg verblüfft und überlegte einen Moment. »Gut, dann machen wir jetzt eben ein paar schöne Aufnahmen von den Pferden in der freien Natur, und später ist dann Leo dran. In Ordnung?«

»Alles klar«, sagte Leo.

Während sich der alte Kalli an seine gewohnte Arbeit machte, schlossen Leo und Frau Blankewitz sich dem Drehteam auf ihrem Weg zur Weide an. Als sie das Gatter erreichten, kam auch schon wie gewohnt Hope herbeigelaufen. Doch zu Leos Überraschung machte die Stute auf dem Absatz kehrt, als Tini Hackenberg in ihr Sichtfeld kam. Leo musste kichern. »Okay, diese Dame kannst du wohl nicht leiden«, sagte sie leise. Doch Frau Blankewitz hatte ihre Bemerkung gehört und warf Leo einen missbilligenden Blick zu.

Leo entschied sich deshalb, die Gruppe allein weitergehen zu lassen und blieb am Gatter stehen. Von dort sah sie, wie sich nun Rosi dem Team näherte. Sie reagierte auf Tini Hackenberg jedoch ganz anders als Hope. Sie stolzierte wie eine Diva auf dem roten Teppich vor der Kamera auf und ab. Als man ihr keine Beachtung schenkte, stürzte sie sich unvermutet auf Manfred. Überschwänglich schleckte sie ihm über das ganze Gesicht, und als er entsetzt zurückzuckte und versuchte, sie abzuwehren, beknabberte sie begeistert seine Kamera. Tini Hackenberg versuchte mit rudernden Armbewegungen Rosi zu verscheuchen. »Jetzt mach doch mal was, Toni«, schimpfte sie. Doch auch der Tonmann konnte ihr nicht helfen, er lief nur unbeholfen um Rosi herum. Schließlich gelang es Luzi Blankewitz, Rosi von Manfred zu trennen. Der Kameramann wischte sich angeekelt über das Gesicht und untersuchte seine Kamera, ob etwas kaputtgegangen war.

Als sie ihren Weg über die Weide fortsetzten, folgte ihnen Rosi in einigen Metern Entfernung. Leo konnte sich ein Lachen nicht verkneifen und sah dem Drehteam noch einen Moment nach. Erst als es endgültig aus ihrem Blickfeld verschwunden war, lief sie zurück zum Gutshaus, um sich in der Küche einen Tee zu machen. Leo war einigermaßen überrascht, als sie dort auf Richard beim Brötchenschmieren traf. »Ach, du auch hier?«, fragte sie. »Willst du jetzt doch Fernsehstar werden?«

»Bin ich verrückt?«, entgegnete Richard. »Ich schau mir den Quatsch nur aus sicherer Entfernung an.«

Leo lachte ironisch, als ob sie ihm nicht glauben würde. Richard rollte nur mit den Augen und presste etwas Käse zwischen seine Brötchenhälften. Als er ging, schlug er die Tür unsanft hinter sich zu. Leo sah ihm stirnrunzelnd hinterher. Doch bevor sie sich zu ärgern begann, nahm sie ihre Tasse, setzte sich auf die große Treppe vor das Haus und überlegte, was sie später mit Hope vorführen sollte.

Während Leo in Gedanken versunken war, erschienen auch die zwei Mädchen, die auf Mooraue Reitunterricht nahmen. Sie waren etwa acht Jahre alt und freuten sich unentwegt kichernd auf die bevorstehenden Dreharbeiten. Angelika holte für sie Fabulus und Georgio von der Weide. Mit ihr kam auch das Drehteam zurück, um Angelika zu filmen, wie sie mit den Mädchen die Pferde sattelte. »Wollen Sie vielleicht jetzt etwas sagen? Ein kleines Interview zum pferdefreundlichen Reiten?«, bohrte Tini Hackenberg nach. Zu Leos Überraschung wandte sich Angelika nun tatsächlich

Richtung Kamera. Rasch strich sie sich mit den Fingern eine widerspenstige Locke glatt. Dann räusperte sie sich und sagte ein paar Sätze auf, die so monoton klangen, als hätte sie sie auswendig gelernt. »Egal ob bei Turnieren oder beim Freizeitreiten: Das Wohl der Pferde bleibt immer das Wichtigste. Ich hoffe, dass der artgerechte Umgang mit Pferden sich in Zukunft weiter durchsetzt. Dafür stehe ich als Trainerin hier auf Mooraue ein.«

Leo sah, wie ihr zwei Schweißperlen den Hals entlangliefen. Aber sie war sehr stolz, dass Angelika sich überwunden hatte.

Sichtlich erleichtert ging Angelika mit den Mädchen und den gesattelten Pferden zum Reitplatz hinüber. Der folgende Reitunterricht war allerdings eine mittlere Katastrophe. Die Mädchen waren immer noch derart aufgeregt, dass sie beinahe alles falsch machten. Die meiste Zeit über kicherten sie nervös. Angelika musste sie mehrfach ermahnen, sich stärker auf das Reiten zu konzentrieren. Aber es half einfach nicht. Fabulus und Georgio machten, was sie wollten, sie kürzten Bahnfiguren ab, trödelten und klebten dicht hintereinander. Beim Angaloppieren buckelte Georgio sogar, und beinahe hätte seine Reiterin das Gleichgewicht verloren. Tini Hackenberg schien aber zufrieden. Bestens gelaunt verabschiedete sie nach dem Dreh die Mädchen und gratulierte ihnen sogar für die gute Leistung.

Nun erfasste Leo mit einem Schlag Nervosität. Denn

sie wusste, dass sie als Nächstes an der Reihe war. Rasch holte sie Hope von der Weide, trenste und sattelte sie. Auf dem Reitplatz wurde sie bereits von Tini Hackenberg und der Crew erwartet. »Leo, kannst du kurz erzählen, was du uns jetzt zeigen willst?«, fragte Tini Hackenberg.

»Ich mache mit Hope heute so etwas wie Gymnastik«, erklärte Leo. »Das sind Übungen, damit die Muskeln des Pferdes gekräftigt und gedehnt werden. So wie bei uns Menschen eigentlich auch.«

»Dann leg mal los«, gab Tini Hackenberg den Startschuss.

Leo führte Hope in die Mitte des Reitplatzes und dehnte im Stand sanft den Hals von Hope nach links und rechts. Dann führte sie die Stute leicht gebogen auf dem Zirkel und ließ sie immer mal mit den Hinterbeinen übertreten, eine, zwei und auch drei Runden, bis sich Tini Hackenberg einschaltete.

»Hm, ich weiß nicht. Stopp, stopp, stopp«, rief sie. Manfred senkte sofort die Kamera. »Das ist jetzt nicht so richtig spannend. Wir brauchen etwas mit mehr Action!«

»Puh, keine Ahnung«, sagte Leo und zuckte mit den Schultern.

»Wir brauchen etwas, das im Fernsehen gut aussieht – über Hürden springen vielleicht?«, überlegte Tini Hackenberg laut.

Leo dachte nach: Gemeinsam mit Angelika hatte sie schon einmal mit kniehohen Hindernissen geübt, um Hope langsam wieder an das Springen heranzuführen. Das Trauma, das die Stute nach ihrem schweren Spring-Unfall damals zurückbehalten hatte, schien sich langsam zu lösen. Bei der Moorauerallye war Hope sogar über einen Graben gesprungen. Leo hatte sie dazu nicht gezwungen, es war einfach so gekommen – im Rausch der Geschwindigkeit. Aber hieß das, dass Hope schon wieder so weit war? »Vielleicht über ganz niedrige Stangen …«, sagte sie unsicher.

Aber da schaltete Angelika sich ein. Sie hatte etwas abseits gestanden, und Manfred richtete sofort seine Kamera auf sie, als sie sprach. »Nein, Hope darf auf keinen Fall springen«, verkündete sie entschieden.

Der alte Kalli, der gerade vorbeikam, hob seinen Arm und winkte abfällig. »Denen geht's besser als manchen Menschen. Muss man sagen«, schimpfte er. »Wenn die nicht wollen, müssen sie nicht!«

»Herr Kallhuber, Sie haben hier offensichtlich die Philosophie des Hofes nicht verstanden«, wies Angelika ihn zurecht.

Um den Streit nicht ausufern zu lassen, meldete sich Leo rasch zu Wort. »Ich könnte ja ein bisschen was von dem zeigen, was ich beim Eröffnungsfest gemacht habe«, schlug sie vor.

»Oder reite doch einfach ein bisschen herum. Aber

gerne irgendwo in der Natur und nicht hier auf dem öden Reitplatz, ja?«, sagte Tini Hackenberg. Leo stimmte erleichtert zu, und so verließen sie den Hof, um auf den umliegenden Feldern und Wiesen zu filmen.

Die Dreharbeiten waren leichter als gedacht. Leo fühlte sich nicht mehr unter Druck, etwas vorführen zu müssen. Sie ritt einfach so, wie es ihr Spaß machte. Für Momente gelang es ihr sogar, die Kamera zu vergessen. Hope genoss es sichtlich, quer über das offene Gelände zu galoppieren, auf dem Feldweg am kühlen Waldrand entlang oder den sanften Hügel hinaufzutraben.

Als Tini Hackenberg das Zeichen gab, dass sie nun genug gefilmt hatten, ritt Leo zurück nach Mooraue. Das Filmteam packte seine Sachen zusammen und fuhr zurück in die Stadt zum Sender.

Leo war froh, dass dieser lange Tag endlich zu Ende war. Als sie sich bei Richards Mutter verabschiedete, klopfte diese ihr zufrieden auf die Schulter. »Ich glaube, das war ein sehr erfolgreicher Tag«, sagte sie zuversichtlich.

15. Kapitel

Auch in den nächsten Tagen wuselte die Filmcrew überall über das Gelände. Aber bis auf Tini Hackenbergs grelle Stimme, die die Pferde jedes Mal bis ins Mark verschreckte, gab es weniger Unannehmlichkeiten als gedacht. Leo war allerdings zunehmend genervt, dass alles dreimal so lang dauerte. Entweder war eine Szene nicht gelungen oder Manfred wollte genau das gleiche Ereignis noch einmal aus einem zweiten Blickwinkel filmen.

Auch Tini Hackenbergs Regieanweisungen bereiteten Leo Bauchschmerzen. Mal sollte sie Hopes Hals umschlingen und glücklich lächeln, ein andermal verträumt gucken. Leo tat ihr mit zusammengebissenen Zähnen diese Gefallen, kam sich dabei aber vor allem saublöd vor. Am schlimmsten war jedoch, dass Leo sich in diesen Tagen sehr einsam fühlte. Richard hielt sich nur im Haus auf. Manchmal stand er im ersten Stock am Fenster. Wenn Leo zu ihm hochsah, trat er einen Schritt zurück ins Zimmer. Auch zu Hause fühlte

Leo sich allein. Ihre Mutter telefonierte dauernd mit Harald, nur Leo konnte mit niemandem sprechen. Bea war noch nicht zurück und hatte zudem kein Handy, und Angelika ging ihr immer noch aus dem Weg, was sie besonders schmerzte. Fast jede Nacht, wenn es ruhig und still geworden war, kamen Leo die Tränen, wenn sie daran dachte, dass sie Angelikas Vertrauen verspielt hatte. Dabei war Angelika für sie einer der wichtigsten Menschen überhaupt! Sie war nicht nur eine Freundin, sondern so etwas wie ein Vorbild für Leo!

Wenn Leo an Angelika, Richard und ihre Mutter dachte, fragte sie sich, ob es das überhaupt wert war. Ob der Preis, um hier auf Mooraue bleiben zu können, nicht doch zu hoch ausfiel. Aber wenn sie bei Hope war, wusste sie einfach, dass sie nicht anders konnte!

Nach drei Tagen waren die Dreharbeiten für die erste Folge endlich beendet und es kehrte wieder Ruhe auf Mooraue ein. Jetzt ergab sich für Leo unerwartet die Gelegenheit, mit Angelika zu sprechen. Leo traf sie vor dem Stall, wo sie gerade Rosis Hufe auskratzte. Einen kurzen Augenblick lang zögerte Leo, denn das Herz schlug ihr bis zum Hals. Doch schließlich gab sie sich einen Ruck.

»Angelika, ich würde gerne mit dir sprechen. Es tut mir so wahnsinnig leid, dass ich die ganze Sache nicht vorher mit dir beredet und einfach zugesagt habe«, begann Leo.

Angelika sah Leo nachdenklich an. »Ist okay«, sagte sie zu Leos Überraschung. »Es sieht ja so aus, als hätte ich mich geirrt. Ich habe alles viel zu schwarz gesehen. Für die Pferde ist das Drehen okay und das pferdefreundliche Reiten wird bekannter.«

»Wirklich? Du bist mir nicht mehr böse?« Leo konnte ihr Glück kaum fassen. »Das ist so super von dir«, stammelte sie. Eigentlich wollte Leo auch gerne erklären, wie es überhaupt zu ihrem Alleingang gekommen war. Dass sie sonst nämlich wegziehen und Hope verlieren würde! Aber plötzlich schämte sich Leo, dass sie aus egoistischen Gründen gehandelt hatte. Angelika hatte immer das Wohl der Pferde im Auge – sie selbst aber hatte nur an sich gedacht! Also beließ es Leo bei einer festen und herzlichen Umarmung. Auch Angelika drückte Leo, doch ihr Lächeln war irgendwie fahrig. Da sie sich gleich wieder Rosi zuwandte, fiel es Leo nicht auf. Sie war einfach nur froh, dass Angelika nicht mehr sauer auf sie war!

Mit einem dankbaren Gefühl verließ Leo den Stall. Jetzt fehlte eigentlich nur noch Bea. Die sollte seit heute früh zurück sein. Ungeduldig wartete Leo auf ihr Erscheinen.

Als Bea endlich auftauchte, lief sie ihr aufgeregt winkend entgegen.

»Du glaubst nicht, wie sehr du mir gefehlt hast«, rief Leo und umarmte ihre Freundin.

»Wir sind gerade erst zurückgekommen«, berichtete Bea strahlend.

»Hier ist echt einiges passiert«, verkündete Leo.

Aber Bea wusste schon Bescheid. »Ja, ich habe gerade Richard getroffen«, sagte sie. »Hier waren Dreharbeiten!«

»Ich hätte dir so gerne davon erzählt, aber du hast ja kein Handy!«, sagte Leo. Und dann sprudelte es nur so aus ihr heraus. Sie erzählte von Harald, den Umzugsplänen, wie sie sich einverstanden erklärt hatte, mitzumachen, von jedem Detail der Dreharbeiten und von der komischen Stimmung zwischen ihr und Angelika.

»Auweia, das klingt alles nicht so toll«, fasste Bea Leos Bericht zusammen.

»Und die Sendung soll schon übermorgen im Fernsehen laufen«, ergänzte Leo.

»Meine Stiefmutter liebt diese Reality Shows. Sie wollte uns sogar mal anmelden. Bei der Sendung, in der Familien ihre Mütter tauschen!«, erzählte Bea.

»Ach, und warum hat sie es nicht gemacht?«, wollte Leo wissen.

»Mein Papa war dagegen. Er meinte, dass die Zuschauer nur veräppelt würden, weil das, was da gezeigt wird, gar nicht die wirkliche Wirklichkeit ist.«

»Hm, echt?«, fragte Leo. »Darüber habe ich noch gar nicht nachgedacht.«

»Also, ich wäre auf jeden Fall gerne dabei gewesen«, sagte Bea und klang wieder vorbehaltlos begeistert. »Dann hätte ich zeigen können, wie gut ich schon auf Rosi reiten kann!«

Bea hatte tatsächlich tolle Fortschritte gemacht. Angelika hatte sogar gesagt, dass sie die Einzige wäre, die auf Rosi eine gute Figur machte.

»Bestimmt bekommst du dazu noch Gelegenheit«, sagte Leo. »Es gibt ja noch mehr Folgen.«

»Oh Himmel, ich bin so gespannt!«, jubelte Bea.

»Ja, ich auch«, sagte Leo. Doch im Gegensatz zu Bea klang sie nicht ganz so begeistert.

16. Kapitel

Am Tag der Ausstrahlung lud Luzi Blankewitz alle in den kleinen Festsaal des Gutshauses ein. Neben Richard, Angelika, Bea, Leo und ihrer Mutter erschien auch Harald, der extra angereist war. Von der ersten Minute an herrschte eine ernste, fast festliche Stimmung.

»Wie geht es denn Ihrem Mann?«, wollte Leos Mutter von Luzi Blankewitz wissen.

»Lieb, dass Sie fragen«, sagte Richards Mutter. »Viktor ist auf dem Weg der Besserung. Er wurde gestern aus dem Krankenhaus entlassen und ist nun unterwegs in die Berge zur weiteren Erholung.«

»Puh, das freut mich«, sagte Leo, die neben ihrer Mutter stand.

»Wunderbar«, sagte auch Harald, obwohl er Richards Vater gar nicht kannte. Dann reichte er Luzi Blankewitz ein großes Tablett mit Macarons, eine Art feiner Keks mit hauchdünner Cremeschicht. »Pardon, hier eine Kleinigkeit. Von Eva gebacken.«

»Oh, ich liebe diese kleinen Dinger!«, rief Luzi Blankewitz entzückt und kostete sofort davon. »Herrlich!«, entfuhr es ihr. »Das sind die Besten, die ich je gegessen habe!«

»Freut mich«, sagte Eva Pollinger.

In diesem Moment schaltete Richard den großen Fernseher ein und suchte den richtigen Sender. »Geht gleich los«, gab er Bescheid. Sofort nahmen alle auf den bereitgestellten Stühlen Platz. Bea sah Leo immer wieder mit breitem Grinsen an. Eva Pollinger setzte sich neben ihre Tochter, nahm ihre Hand und drückte sie fest.

Endlich war der Werbeblock vorbei und die Sendung begann. Leo fühlte eine heißkalte Welle durch ihren Körper rollen. Ihre Anspannung wuchs von Sekunde zu Sekunde. Aber so schien es jedem im Raum zu gehen. Alle waren mucksmäuschenstill, jeder sah gebannt auf den Bildschirm.

Die Sendung fing mit wunderschönen Aufnahmen der Pferde von Mooraue an. Hope, Fabulus und Fredo galoppierten in Zeitlupe mit fliegender Mähne über die Weide, dazu setzte romantische Gitarrenmusik ein und der Titel erschien: »Mooraue – Ein Paradies für Pferde«. Dann kamen Bilder von Leo, wie sie mal von links, mal von rechts mit Hope schmuste und dazu glücklich lächelte. Nach dem Vorspann verkündete eine freundlich-vergnügte Moderatorenstimme, dass man sich auf dem Gut Mooraue befände, »einem Luxus-Reiterhof, der für Pferde das volle Verwöhnprogramm bietet«. Dabei schwenkte die Kamera über die saftigen, endlosen Weiden des Hofes. »Hier leben Pferde wie im Himmel.«

Als Nächstes kam Angelika ins Bild. »Das Wohl der Pferde ist immer das Wichtigste«, sagte sie. Dazu kommentierte die Moderatorenstimme: »Und das meint nicht nur Personal-Trainer Angela.«

»Angelika«, korrigierte Leo stirnrunzelnd. Aber Angelika zuckte nur mit den Schultern, ihr schien die Namensverwechslung egal zu sein.

Auf dem Bildschirm wurde nun Rosi gezeigt, wie sie an der Futterstation auf das Öffnen der Schranke wartete.

»Frühstück, Brunch, Mittagessen und Abendbrot – dies bekommen die Pferde von Mooraue ganz individuell und vollautomatisch«, erklärte der Sprecher. »Mooraue ist wirklich eine Top-Location für Pferde mit Anspruch! Ein Pferdeparadies mit Action- und Relax-Zonen.«

Leo sah aus den Augenwinkeln, wie Richard die Hand vor die Stirn schlug. Sie ahnte langsam, was Beas Vater mit der »wirklichen Wirklichkeit« gemeint haben könnte.

Jetzt war wieder Leo mit Hope zu sehen. »Um das persönliche Wohlergehen der Luxus-Pferde sorgt sich vor allem Leonie. In unermüdlichem, ehrenamtlichem Einsatz kümmert sie sich um Hope – ein fulminantes

Spitzenpferd, von dem noch einiges zu erwarten sein dürfte.«

Es war ein merkwürdiges Gefühl, sich selbst auf dem Fernsehschirm zu sehen. Beinahe, als ob das gar nicht sie und Hope wären, sondern ein ganz anderes Paar, das ihnen nur zufällig ähnlich sah. Die Kamera verfolgte jeden ihrer Schritte, sie zeigte Hopes elegante und kraftvolle Bewegungen in Zeitlupe und Leo, wie sie sich aus dem Sattel zu Hope hinunterbeugte, um ihr etwas ins Ohr zu flüstern.

»Das Zwiegespräch zweier Seelen in vollendeter Harmonie. Eine Harmonie, die magisch scheint«, sagte die Stimme.

Nun setzte wieder Gitarrenmusik ein, während Leo und Hope über die Wiese galoppierten.

Dann eine Nahaufnahme von Angelika: »Hope darf auf keinen Fall springen«, hörte man sie sagen. Selbst der alte Kalli kam zu Wort. »Denen geht's besser als manchen Menschen. Muss man sagen«, grummelte er unter seiner Mütze hervor und stiefelte mit Eimer und Mistgabel davon.

Luzi Blankewitz atmete hörbar durch, als nun von der »Wellnessoase« die Rede war.

»Auf Mooraue ist das Beste für die Vierbeiner gerade gut genug«, fuhr der Sprecher unbeirrt fort. »Hier steht nicht der Mensch im Vordergrund, sondern allein das Tier.«

Die Sendung schloss mit einer Großaufnahme des Gutshauses unter einem wolkenlosen Himmel, während der Abspann begann.

Nachdem der letzte Ton verklungen war, schaltete Richard den Fernseher aus. Für die nächsten dreißig Sekunden herrschte vollkommene Stille im Raum.

»Nun, das war nicht ganz das, was ich erwartet habe«, brach Frau Blankewitz schließlich das allgemeine Schweigen. »Was soll man sagen?«

»Völliger Schrott«, sagte Richard.

Aber das ließ seine Mutter nicht gelten. »Nein, es ist zwar nicht richtig toll, aber auch nicht richtig schlecht. Also, ich weiß auch nicht.«

»Schrott«, wiederholte Richard.

Auch Harald meldete sich zu Wort. »So ist das mit dem Fernsehen halt, das weiß man doch.«

»Ich fand's auch okay, halbwegs«, schaltete sich Eva Pollinger ein.

»Ja, mittelschlimm«, stimmte Leo zu, obwohl ihr zum Heulen zumute war.

»Du bist ja auch einigermaßen gut weggekommen«, ätzte Richard in ihre Richtung.

»Nicht deswegen«, erwiderte Leo und biss sich auf die Lippen.

»Also, ich fand die Aufnahmen von den Pferden ganz toll«, sagte Bea und sah erwartungsvoll zu Angelika, die bisher geschwiegen hatte. Als die Trainerin merkte, dass alle Blicke auf sie gerichtet waren, stand sie auf. »Der Hof wird hier als Schickimicki-Wohlfühloase dargestellt! Ich finde, die Sendung macht die Idee vom pferdefreundlichen Reiten lächerlich«, sagte sie. Dann sank sie wieder auf ihren Stuhl zurück.

Luzi Blankewitz nickte. »Bei der nächsten Sendung muss sich da etwas ändern, finde ich auch«, sagte sie, als ihr Telefon klingelte. Sie sah auf das Display. »Ah, das trifft sich ja gut, es ist Tini«, teilte sie der Runde mit.

Sie setzte ihr freundlichstes Lächeln auf, so als würde Tini Hackenberg direkt vor ihr stehen. »Tini, schön, dass du anrufst!«, sagte sie mit einnehmender Freundlichkeit. »Ich wollte dich auch gerade sprechen!«

Doch weiter kam sie nicht. Es war deutlich, dass nun Tini Hackenberg am anderen Ende der Leitung redete, wahrscheinlich wie immer ohne Punkt und Komma. Richards Mutter kam nicht mehr zu Wort und das Lächeln verschwand nach und nach aus ihrem Gesicht.

Nachdem sie das Telefonat beendet hatte, sagte sie niedergeschlagen: »Die Zuschauer fanden die Sendung wohl etwas langweilig. Die Einschaltquoten waren – wie es aussieht – eher katastrophal.«

17. Kapitel

Für den nächsten Morgen, gleich bei Sonnenaufgang, war der nächste Drehtermin angesetzt. Leo wollte auf keinen Fall zu spät kommen. Die halbe Nacht lang hatte sie gegrübelt, was sie jetzt tun sollte. Es wäre eine Katastrophe, wenn die Sendung wegen schlechter Quoten eingestellt werden würde! Aber Angelika hatte natürlich völlig recht. Die Sendung war ein Zerrbild des wirklichen Alltags auf Mooraue. Leo durfte nicht zulassen, dass Mooraue weiter als exzentrische Wohlfühloase für Luxus-Pferde dargestellt wurde. Das war sie Angelika, aber auch sich selbst und allen anderen schuldig. Deshalb hatte sich Leo vorgenommen, noch vor Drehbeginn Tini Hackenberg eindringlich einige Verbesserungsvorschläge zu machen.

Mit diesem Vorsatz traf Leo zeitgleich mit dem Drehteam und Luzi Blankewitz auf dem Hof ein.

»Toll, dass du schon da bist«, wurde sie von Tini Hackenberg begrüßt, dazu gab es wieder Küsschen links und rechts.

»Ich bin so früh da, weil ich noch ein Anliegen hätte«, begann Leo.

»Ein Anliegen? Nur raus damit«, ermunterte Tini Hackenberg sie.

Hellhörig geworden näherten sich nun auch Toni, Manfred, Marlies und Luzi Blankewitz. Leo fühlte, wie sie vor Aufregung rot wurde.

»Es ist so … Das, was da gestern gesendet wurde, hat nichts mit uns und Mooraue zu tun. Ich fände es wirklich wichtig, dass die Sendung irgendwie realistischer wird«, sagte Leo. »Es soll doch schließlich REALITY sein. Das werden auch die Zuschauer viel besser finden!«

Tini Hackenberg hatte Leo mit großer Aufmerksamkeit und ernster Miene zugehört. Als Leo fertig war, brauchte sie einen Moment, um auf einen anderen Gesichtsausdruck umzuschalten. Ihr Lächeln war jetzt breiter als das eines Alligators. »Aber Schätzchen!«, rief sie. »Genau das wollen wir doch auch!«

Leo atmete hörbar auf. »Oh, gut. Dann ist ja alles okay«, sagte sie. Tini Hackenberg hatte sich schon an die Umstehenden gewandt und erklärte mit genauso lauter wie schriller Stimme: »Wir müssen weg von diesem Mal-hierhin-mal-dahin-Galoppel. Das hat den Zuschauer einfach nicht erreicht! Ab heute also bitte keine Kuschelpuschelbilder mehr, jetzt geht's ans Eingemachte, an die ganz echte und wahre Realität!«

Im nächsten Moment bog ein Auto mit Pferdeanhänger auf den Hof. »Wenn man vom Teufel spricht!«, kommentierte Tini Hackenberg den näher kommenden Wagen.

»Und du bist dir wirklich sicher, dass das eine gute Idee ist, Tini?«, fragte Luzi Blankewitz.

»Hundert Prozent«, antwortete die Redakteurin und klopfte mit der flachen Hand bekräftigend an den Anhänger, der neben ihr angehalten hatte. Im selben Moment stieg auch schon der Fahrer aus. Er öffnete die Klappe und gab den Blick frei auf das Hinterteil einer tiefschwarzen Stute. Sie stampfte nervös mit den Hufen und verursachte damit ein dröhnendes Poltern. Als der Fahrer das Pferd aus dem Hänger führen wollte, stieß es ein scharfes Wiehern aus, sodass der Mann einen Schritt zurückwich. Leo war sofort klar: Mit diesem Pferd war nicht gut Kirschen essen.

»Ich habe die halbe Nacht herumtelefoniert und Himmel und Hölle in Bewegung gesetzt, damit wir noch ein zusätzliches Pferd in die Sendung bekommen«, erklärte Tini Blankewitz stolz. »Ein feuriges, das auch kein Problem damit hat, mal über ein Hindernis zu springen.«

Bei diesen Worten klang ihre Stimme etwas gereizt. Leo war sich klar, dass dies ein Seitenhieb auf sie und Hope war.

Mit einem unguten Gefühl beobachtete Leo, wie der

Fahrer nun das Pferd aus dem Hänger bugsierte. Als es endlich vor ihr stand, war Leo zunächst beeindruckt. Die Stute war wunderschön. Sie hatte einen schlanken Körper, elegante schmale Fesseln, allerdings auch die Nervosität eines hochgezüchteten Rennpferds. Ihr Hals schien fast ein wenig überstreckt, die Augen unnatürlich weit aufgerissen, während sie am Führstrick zerrte.

»Velvet ist ein absolutes Spitzenpferd, ein reines englisches Vollblut«, verkündete Tini Hackenberg.

Richards Mutter nahm mit beunruhigtem Blick den Führstrick der Stute. »Ich bringe sie am besten erst mal auf die Weide«, sagte sie.

Leo wurde hellhörig. Auf die Weide? Sollte nicht jedes Pferd erst langsam an die Gruppe herangeführt werden?

»Was sagt denn Angelika zu dem neuen Pferd?«, wollte sie wissen.

Richards Mutter blieb stehen. Sie ließ ein paar Sekunden verstreichen, bevor sie sich zu Leo umdrehte und mit unsicherer Stimme sagte: »Angelika. Ja, also, Angelika – was soll ich sagen – ich habe sie erst mal beurlaubt.«

Leo klappte die Kinnlade herunter. Angelika war nicht hier? Und sie würde auch nicht kommen? Was sollte das heißen?

»Aber wir haben eine andere Trainerin engagiert«,

schob Tini Hackenberg sofort nach. »Weißt du, Angelika hat einfach ein Problem mit der Kamera. Ich glaube, sie ist sogar froh, dass sie …« Aber Leo ließ sie nicht ausreden. »Du meinst, sie hat ein Problem mit dir!«, rief sie empört.

»Nein, so ist es wirklich nicht«, versuchte Richards Mutter zu beschwichtigen. Aber Leo konnte ihr nicht mehr zuhören. Ihr war schwindelig, ein Dutzend Gedanken wirbelten in ihrem Kopf durcheinander. Den lautesten schrie sie schließlich heraus: »NEIN, so geht das nicht! Sofort aufhören!«

Richards Mutter, Tini Hackenberg und das ganze Filmteam sahen Leo erschrocken an. Tini Hackenberg war die Erste, die sich wieder fasste. »Ich kann verstehen, dass du nicht alles gut findest, was hier passiert«, sagte sie. »Aber was willst du machen? Wir sind ein Team, wir müssen zusammenarbeiten. Willst du etwa hinschmeißen?«

Leo antwortete nicht. Sie konnte nicht. Ihr fehlten die Worte. Denn sie spürte, dass sie in der Falle saß. Ohne es zu wissen, hatte Tini Hackenberg Leo an ihrer empfindlichsten Stelle gepackt.

»Gut«, fuhr Tini Hackenberg fort. »Wenn du nicht mehr mitmachen magst, dann packen wir hier zusammen und fahren nach Hause.« Ihre Stimme klang sarkastisch. So als würde sie nie im Leben erwarten, dass Leo dies tatsächlich verlangte. Und Leo würde es auch nicht verlangen. Genau diese Erkenntnis lähmte ihren Körper und ihren Geist, verhinderte jede kluge Antwort. Traurig und ohne Worte stand sie da, Tini Hackenbergs herausfordernden Blick auf sich gerichtet.

18. Kapitel

Todunglücklich rannte Leo zur Weide. Sie wollte jetzt einfach nur zu Hope. War sie wirklich dabei, Angelika ein zweites Mal in den Rücken zu fallen? Sie konnte es nicht fassen! Es wäre so wichtig gewesen, jetzt standhaft zu bleiben. Leo musste die Dreharbeiten beenden und Angelika zurückholen, das wusste sie genau. Aber würde das nicht die Trennung von Hope bedeuten – und zwar für immer? Allein der Gedanke daran ließ Leo erschauern, und Tränen traten ihr in die Augen, als sie die geliebte Stute auf der Weide entdeckte. Hope hob den Kopf und trabte los, um sie zu begrüßen, da näherte sich aus dem Hintergrund auch schon die Filmcrew zusammen mit Luzi Blankewitz und Velvet. Sofort stellte Hope die Ohren auf und ihr ganzer Körper ging in Abwehrhaltung. Leo spürte die Spannung, die von der Situation ausging, und tatsächlich: Noch bevor Luzi Blankewitz das Gatter hinter Velvet geschlossen hatte, stürmte diese wie ein schwarzer Blitz auf Hope zu und schnappte nach ihrer Flanke. Hope brachte sich mit einem schellen Satz zur Seite in Sicherheit. Sie blieb in gebührender Entfernung stehen und behielt den Eindringling genau im Blick, die Ohren nach hinten gelegt und mit aufgezogenen Nüstern. Für einen Moment befürchtete Leo schon, dass Hope nun ihrerseits zum Angriff übergehen würde, als sich plötzlich Rosi vom anderen Ende der Weide näherte. Arglos, wie sie war, wollte sich die kleine Tigerscheckendame den Neuankömmling einmal genauer ansehen. Doch noch bevor Rosi sich mehr als zwanzig Meter genähert hatte, wetzte Velvet ihr auch schon entgegen. Rosi machte auf den Hufen kehrt und galoppierte, gejagt von Velvet, so schnell sie nur konnte davon. Aber Velvet hatte offensichtlich noch nicht genug. Nun attackierte sie die anderen Pferde. Mit gebleckten Zähnen zeigte sie, dass sie die Führungsposition in der Herde beanspruchte. Die Pferde vom Moorauehof wichen eingeschüchtert zurück.

Leo beobachtete alles mit Schaudern.

»Genau davor hat uns Angelika immer gewarnt«, rief sie empört. Aber Luzi Blankewitz schüttelte nur den Kopf. »Das ist nicht so schlimm. Nur eine kleine Rauferei um die Rangordnung. Die Pferde machen das unter sich aus, glaub mir, Leo.«

Leo war viel zu aufgebracht, um zu diskutieren. Sie hatte Angst um Hope, um Rosi und all die anderen Pferde. Warum auch immer Velvet so aggressiv war –

mit diesem Verhalten durfte sie keinesfalls auf die anderen Pferde losgelassen werden! Nicht auszudenken, wenn eins der Pferde durch einen Biss oder Tritt verletzt wurde. Leo erinnerte sich daran, was Herr Blankewitz vor dem Eröffnungsfest angesichts der friedlichen Mooraue-Pferde gesagt hatte. »Ein einziger Störenfried, und die Harmonie ist dahin!« Und Velvet war genau dieser Störenfried!

Eilig lief Leo auf die Weide, um Hope zu sich zu rufen. Aber Hope reagierte überhaupt nicht. Ihre gesamte Aufmerksamkeit war bei dem fremden Pferd. Sie wollte ihre Herde beschützen.

Während Leo noch verzweifelt überlegte, was sie machen konnte, sagte Tini Hackenberg: »Wenn du nichts zu tun hast, dann geh doch bitte Herrn Kallhuber holen. Unsere Umfragen haben ergeben, dass der bei unserem Publikum wirklich gut ankommt!«

Leo glaubte zuerst, sich verhört zu haben. Aber Tini Hackenberg meinte es wirklich ernst. »Der ist so ein herrlich schräger Typ!«, fügte sie hinzu.

Leo verstand die Welt nicht mehr. Sie wollte nur noch weg. Ihr war klar, dass sie sich gegen die Erwachsenen im Moment nicht durchsetzen konnte. Ohne sich noch einmal umzudrehen, lief sie zurück zum Stall. Nur mühsam gelang es ihr, die Tränen zurückzuhalten. Aber eines war ihr nun klar. Sie musste mit Richard reden, sofort! Er sollte seine Mutter zur Vernunft bringen. Sie würde ihre alte Freundin Tini Hackenberg in die Schranken weisen. Oder ihren Einfluss beim Sender geltend machen. Auf jeden Fall würde sie dafür sorgen, dass sie sich nicht alles gefallen lassen mussten. Velvet musste wieder verschwinden! Es ging immerhin um das Wohl der Pferde!

Doch als Leo Richard endlich im Gutshaus aufgestöbert und ihm alles erzählt hatte, schüttelte Richard nur frustriert den Kopf. »Ich habe schon mit ihr gesprochen. Meiner Mutter ist das auch nicht ganz geheuer, deshalb hat sie heute den ganzen Morgen mit dem Senderchef telefoniert. Aber der hat ihr wohl eine Gehirnwäsche verpasst.«

»Wie meinst du das?«, wollte Leo wissen.

»Angeblich hätte die Zuschauerbefragung ergeben, dass in der Sendung auch ein Springpferd dabei sein soll. So was fände das Publikum eben spannend.«

»So ein Quatsch!«, rief Leo, wobei nicht ganz klar war, ob sie die Befragung oder den angeblichen Willen der Zuschauer meinte.

»Ja, aber wenn der Senderchef sagt, dass die Zuschauer bunt angemalte Pferde sehen wollen, dann glaubt meine Mutter, dass es genau so zu sein hat.«

»Wahnsinn«, sagte Leo. Resigniert ließ sie sich auf einen der Küchenstühle plumpsen und starrte auf den Tisch. »Dann muss ich wohl die Dreharbeiten beenden«, sagte sie tonlos.

»Ich frage mich ohnehin, warum du das nicht schon längst getan hast«, erwiderte Richard patzig.

Leo starrte noch immer auf die Tischplatte, doch jetzt konnte sie die Tränen nicht mehr zurückhalten. »Weil ich dann wegziehen muss«, brach es aus ihr hervor.

Plötzlich war Richard überhaupt nicht mehr kühl und distanziert. Echte Sorge zeigte sich auf seinem Gesicht. »Was, wieso das denn?«, wollte er wissen. Da erzählte ihm Leo endlich von den Plänen ihrer Mutter, und dass sie nur durch die Teilnahme an den Dreharbeiten hierbleiben konnte.

Richard wusste nicht, was er sagen sollte. Vorsichtig strich er eine Strähne aus Leos verweintem Gesicht. »Verdammt, warum hast du mir das nicht früher erzählt?«, fragte er sanft.

»Weil du manchmal ein ziemlich arroganter Idiot bist, deshalb«, schniefte Leo.

»Vielleicht«, sagte Richard. »Aber ich war sauer auf dich. Ich hab mich gefragt, warum so ein cooles Mädchen wie du bei so einem Blödsinn überhaupt mitmacht.«

Für einen kurzen Moment lang schwiegen beide. Dann sagte Leo leise, mehr zu sich selbst: »Ich will nicht weg von hier.«

»Ich will auch nicht, dass du gehst«, sagte Richard.

Leo spürte, wie sie rot wurde. Richards warmer Blick tat ihr gut und machte sie gleichzeitig verlegen.

»Was sollen wir jetzt tun?«, fragte Richard schließlich. »Wenn du nicht einfach die Dreharbeiten hinschmeißen kannst?«

»Am wichtigsten ist, dass dieses neue Pferd nicht die ganze Herde verrückt macht. Ich habe fürchterliche Angst, dass es noch eines unserer Pferde tritt. Bea hat erzählt, dass das sogar zu Knochenbrüchen führen kann. Und was das für ein Pferd bedeutet, kannst du dir ja vorstellen!«

»Aber warum lässt Angelika das zu?«, fragte Richard ungläubig.

»Würde sie nie tun! Stell dir vor, deine Mutter hat sie einfach beurlaubt!«, sagte Leo.

»Was? Das kann doch nicht wahr sein!«, rief Richard und wurde blass vor Zorn.

»Ist dein Vater wieder gesund? Kann er nicht irgendwie helfen?«, fragte Leo.

»Mein Vater ist zwar wieder fit, aber in einem Kurkrankenhaus in den Alpen. Er muss sich noch schonen und darf sich nicht aufregen«, antwortete Richard.

»Was sollen wir bloß tun?« Leo war vollkommen ratlos. Sie wusste weder ein noch aus. Nur, dass auch Richard ein Grund war, warum sie nicht nach Sylt ziehen wollte.

19. Kapitel

Während Leo noch hin und her überlegte, sah sie durch das Fenster, wie ihre Mutter und Harald über den Gutshof schlenderten. Sie hatten angekündigt, dass sie sich heute die Dreharbeiten anschauen wollten.

»Ausgerechnet jetzt«, entfuhr es Leo und sie stürmte nach draußen. Sie wollte unbedingt verhindern, dass ihre Mutter von den Unstimmigkeiten auf dem Hof etwas mitbekam.

»Ihr seid schon da?«, begrüßte sie ihre Mutter und Harald deshalb gespielt munter.

»Ja klar, die sind doch eine spannende Sache, diese Dreharbeiten«, sagte Eva Pollinger. Sie sah ihre Tochter forschend an. »Ist irgendwas?«

»Nein, gar nichts«, erklärte Leo schnell.

»Pardon, wo ist denn deine Regisseurin?«, wollte Harald wissen und sah sich unternehmungslustig um.

»Die ist mit Frau Blankewitz auf der Weide. Sie filmen gerade das neue Pferd, glaube ich«, sagte Leo.

»Ach, ihr habt ein neues Pferd?«, fragte Leos Mutter.

In diesem Moment betrat eine fremde Frau den Hof. Sie hatte ihre Haare zu einem strengen Dutt gebunden, der Mund war grellrot geschminkt, was etwas seltsam aussah, da ihre Lippen eigentlich nur aus zwei schmalen Strichen bestanden. Sie sah sich suchend um und näherte sich schließlich schnellen Schritts der kleinen Gruppe.

»Suchen Sie jemanden?«, fragte Leos Mutter höflich.

»Ja, Frau Blankewitz. Ich bin die neue Trainerin«, antwortete die Frau und verzog ihren Mund zu einem verkniffenen Lächeln.

»Ach, tatsächlich?«, sagte Leos Mutter und an Leo gewandt: »Was ist denn mit Angelika?«

Leo starrte auf die fremde Frau. Plötzlich kam ihr in den Sinn, dass Richards Mutter mit »beurlaubt« vielleicht doch »rausgeschmissen« gemeint hatte. Wut stieg in ihr hoch.

»Wir haben auf dem Hof schon eine feste Trainerin«, sagte sie patzig.

»Ach, davon weiß ich gar nichts«, erwiderte die Frau kühl.

»Am besten, Sie gehen ins Büro«, mischte sich Leos Mutter ein und zeigte Richtung Gutshaus. »Die Chefin kommt bestimmt gleich und wird Ihnen weiterhelfen.«

»Danke, sehr freundlich«, sagte die neue Trainerin steif und verabschiedet sich.

»Dann gehen wir mal zu den Pferdchen auf die Weide

und sagen Frau Blankewitz, dass im Büro jemand auf sie wartet«, schlug Harald vor.

»Geht ruhig schon mal vor«, sagte Leo. Sie hatte das Gefühl, gleich zu platzen. Rasch lief sie zurück zum Gutshaus. Sie musste Richard sofort von der neuen Trainerin berichten. Aber noch bevor Leo das Haus erreicht hatte, tauchte Bea auf. Die Freundin war in voller Reitmontur. Ihren Helm hatte sie fesch unter den Arm geklemmt.

»Oh, wow, du siehst toll aus«, entfuhr es Leo.

»Ich habe auch lange dafür gespart«, erklärte Bea stolz.

»Weiß deine Stiefmutter eigentlich mittlerweile, dass du auf Rosi reitest?«, wollte Leo wissen. Beas Stiefmutter hasste Pferde. Bea durfte nur auf dem Hof sein, weil ihre Stiefmutter glaubte, sie würde die Pferde lediglich zeichnen. Leo war deshalb nicht überrascht, als Bea zögernd den Kopf schüttelte.

»Aber wenn sie sieht, wie gut ich schon bin, darf ich bestimmt offiziell Reitstunden nehmen!«, fügte sie schnell hinzu.

Leo beschlich das Gefühl, dass der Plan ihrer Freundin nicht wirklich durchdacht war. Aber sie konnte jetzt nicht diskutieren. Bea musste dringend erfahren, was seit heute früh auf Mooraue vorgefallen war.

»Angelika ist gekündigt?«, fragte Bea ungläubig, nachdem ihr Leo eilig von dem ganzen Schlamassel erzählt hatte.

»Oder beurlaubt. Das ist mir noch nicht ganz klar«, sagte Leo.

»Aber das ist ja schrecklich!« Bea ließ die Schultern hängen.

Just in diesem Moment kam Tini Hackenberg mit ihrem Team zurück. Sie waren mit den Aufnahmen auf der Weide gerade fertig geworden.

Gut gelaunt winkte die Redakteurin Bea zu. Aber Bea winkte nicht zurück.

»Ich habe keine Lust zu reiten, wenn Angelika nicht mehr hier arbeitet«, erklärte Bea, als Tini Hackenberg vor ihr stand.

»Aber wer sagt denn so was? Angelika ist doch nur für die Dauer der Dreharbeiten freigestellt. Einfach weil sie nicht besonders – na, wie soll ich das sagen – besonders gut mitarbeitet«, erklärte die Redakteurin.

»Sie ist also nicht gekündigt?«, hakte Bea nach.

»Also, davon weiß ich nichts«, behauptete Tini Hackenberg. »Komm, hol Rosi und zeig uns mal, was du kannst, okay?«

Leo hatte alles mitangehört. Sie wusste nun erst recht nicht mehr, was nun stimmte und was nicht. Auch Bea blieb misstrauisch.

»Du hast es uns doch versprochen«, schob Tini Hackenberg nach.

Bea zögerte noch einen Moment, ging dann aber doch auf die Weide, um Rosinante zu holen. Mittlerweile war auch der alte Kalli auf dem Gutshof eingetrudelt. Er war wie immer ungekämmt und sah nicht nur aus, als würde er geradewegs aus dem Bett kommen, sondern auch, als würde er die ganz Welt von Herzen hassen.

»Herr Knallhuber, bitte, kommen Sie doch hierher, hier zu mir und zur Kamera«, bat ihn Tini Hackenberg und gab Manfred das Zeichen, die Kamera zu starten. Sofort versammelten sich Leos Mutter, Harald und die Produktionsassistentin hinter dem Kameramann, um nicht versehentlich ins Bild zu geraten. Leo sah dem Treiben lieber aus einigem Abstand zu.

»Wir hätten da ein paar Fragen an sie«, sagte Tini Hackenberg.

Der alte Kalli verstand nicht, was man von ihm wollte. »Häh, was ist los?«, fragte er.

»Herr Knallhuber«, fuhr Tini Hackenberg unbeirrt fort. »Was meinen Sie zu unserem neuen Pferd auf Mooraue?«

»Knallhuber? Kallhuber! Ich heiße Kallhuber!«, beschwerte sich der alte Kalli.

»Keine Sorge, das schneiden wir nachher raus«, beschwichtigte die Redakteurin den alten Mann.

»Da bitte ich auch drum!«, dröhnte dieser und stapfte davon.

»Vielen Dank für das Gespräch«, sagte Tini Hackenberg. Manfred senkte die Kamera. Die Aufnahme war beendet.

»Einfach köstlich, dieser Mann«, hörte Leo Harald sagen.

»Ich weiß nicht«, raunte Leos Mutter.

»Nein, Ihr Mann hat recht«, sagte Tini Hackenberg. »Der alte Kauz ist Gold wert. Das ist genau das, was Zuschauer sehen wollen! Der Typ hat absolut Unterhaltungswert.«

»Sag ich doch«, bestätigte Harald.

»Ach, sind Sie etwa auch beim Fernsehen?«, hakte Tini Hackenberg interessiert nach.

Aber Leo verfolgte das Gespräch nicht weiter. Rasch machte sie sich auf dem Weg zum Stall, um Bea beim Satteln zu helfen. Doch als Leo das Gebäude betrat, sah sie sofort, dass etwas nicht in Ordnung war. Bea stand neben Rosi wie zur Salzsäule erstarrt und betrachtete ungläubig ihre Handfläche.

»Bea, was ist los?«, fragte Leo erschrocken.

Bea antwortete nicht gleich. Sie streckte stattdessen langsam ihre Handfläche vor.

»Da ist Blut«, sagte sie schließlich. »Ich glaube, es kommt von Rosis Hals.«

20. Kapitel

»Du armes Tier, was hast du denn gemacht?«, flüsterte Leo, als sie behutsam Rosis Hals untersuchte. Und tatsächlich: An der linken Seite fand sie die Wunde, ungefähr von der Größe eines Zwei-Euro-Stücks. Die Verletzung war frisch. Das meiste Blut war nicht getrocknet. Sofort kam Leo ein böser Verdacht. »Ich wette, Velvet hat sie gebissen.«

»Ich will nicht, dass ein Pferd ein anderes beißt«, entgegnete Bea empört und den Tränen nahe.

»Wenn immer alles so wäre, wie man will …«, sagte Leo bitter. In ihr brodelte es vor Wut. Sie hätte Velvet zum Mond schießen können! Natürlich war sie im Grunde nicht auf die Stute wütend, sondern auf Tini Hackenberg, den Sender, ihre Mutter und natürlich auf Harald! Sie hatten Leo schließlich erst in diese Situation gebracht. Aber stimmte das überhaupt? Es gelang ihr nicht, den Gedanken zu Ende zu denken.

»Irgendwie habe ich jetzt gar keine große Lust mehr, bei der Serie mitzumachen«, sagte Bea.

»Ich auch nicht«, sagte Leo leise.

»Aber wenn die Sendung abgesetzt wird, haben wir auch nichts davon. Dann fährst du weg! Und du bist meine beste und einzige Freundin!«, murmelte Bea.

Leo nahm Bea fest in den Arm. Sie fühlte sich ohnmächtig. Am liebsten hätte sie sie gar nicht mehr losgelassen. Doch da steckte Marlies ihren Kopf zur Tür herein. »Bea, wir brauchen dich gleich auf dem Reitplatz!«, rief sie.

Bea guckte zögernd zu Leo.

»Komm, mach«, sagte Leo. »Ich sprühe noch schnell etwas Desinfektionsspray auf die Wunde. Sie scheint zum Glück nicht tief zu sein.«

Bea nickte und setzte sich den Reithelm auf.

»Steht dir wirklich gut«, sagte Leo aufmunternd und gab zwei kurze Sprühstöße auf Rosis Wunde.

Bea lächelte zaghaft, dann führte sie Rosi aus dem Stall. Sie sah dabei so unglücklich aus, als würde sie gerade zu einer Strafarbeit antreten.

Leo begleitete Bea zum Reitplatz, an dem bereits die Filmcrew, Leos Mutter und Harald warteten. Tini Hackenberg sah schon ungeduldig auf die Uhr, aber Bea ließ sich nicht hetzen. Rosi wirkte etwas nervös. Mit betonter Ruhe lotste Bea die kleine Stute an den Wartenden vorbei auf den Platz.

»Bea, vielleicht kannst du uns vorher etwas über dich

erzählen?«, bat Luzi Blankewitz. Manfred richtete seine Kamera auf sie.

»Ja, okay«, sagte Bea rasch. Doch dann fiel ihr in der Eile nichts Vernünftiges ein. »Also, Rosi ist ein ganz besonderes Pferd. Niemand wollte auf ihr reiten, weil sie so dickköpfig ist«, erzählte sie schließlich. »Aber zu mir hat sie Vertrauen gefasst. Ich glaube, wir sind inzwischen Freundinnen geworden!«

»Freundinnen? Wie süß!«, lachte Tini Hackenberg etwas zu schrill. »Na, dann zeig uns mal, was du draufhast!«

Bea rückte sich ihren Helm zurecht und führte Rosi dicht an den Zaun, um ihn als Aufstiegshilfe zu nutzen. Rosi blieb ruhig stehen und wartete, bis Bea im Sattel Platz genommen hatte. Als sich Rosi in Bewegung setzte und sie die erste Bahn tadellos im Schritt absolvierten, stahl sich ein kleines Lächeln auf Beas Gesicht. Leo konnte Beas Stolz nur zu gut nachvollziehen! Genau so hatte sie sich auch gefühlt, als sie anfangs auf Hopes Rücken saß! In der Ecke ritt Bea eine großzügige Wendung. Doch noch bevor sie die Bahn wieder erreicht hatte, geschah es: Von der anderen Seite des Hofes näherten sich Luzi Blankewitz und die neue Trainerin mit Velvet. Als Rosi die Stute erblickte, zuckte sie sichtbar zusammen. Und dann gab es auf einmal kein Halten mehr. Wie eine Irre raste die Ponystute in die entgegengesetzte Richtung davon, Hauptsache weg von Velvet. Leo wusste sofort: Rosi hatte Panik! Es war nun ganz klar, dass Rosi und Velvet auf der Weide aneinandergeraten waren! Ihre Verletzung konnte nur von der schwarzen Stute stammen!

Mit vor Schreck geweiteten Augen beobachtete sie, wie Bea alle Mühe hatte, sich im Sattel zu halten. Rosi reagierte auf keinen ihrer Versuche, sie zu stoppen. Als sie das Gatter erreichte, machte sie kehrt, bis sie bemerkte, dass ihr nun wieder Velvet entgegenkam. Also galoppierte sie zurück in die hintere Ecke des Reitplatzes. Luzi Blankewitz und die neue Trainerin schienen Beas Not überhaupt nicht zur Kenntnis zu nehmen. Unbeirrt führten sie Velvet weiter in Richtung des panischen Pferdes. Bea hing mittlerweile nur noch seitlich im Sattel. Als Rosi endlich zum Stehen kam, ließ sie sich erschöpft fallen und plumpste wie ein Mehlsack zu Boden.

Sofort rannte Leo zu ihr. Während Bea sich aufrappelte, griff sie nach Rosis Zügeln, um die Stute festzuhalten.

»Bist du okay?«, wollte Leo wissen.

Bea war noch benommen. »Das wird jetzt aber nicht gesendet, oder?«, fragte sie ängstlich. Im selben Moment war auch Leos Mutter bei ihnen. Fürsorglich legte sie Bea den Arm um die Schultern und führte sie behutsam vom Platz.

»Habt ihr nicht gemerkt, dass Rosi panische Angst

vor Velvet hat?«, rief Leo aufgebracht in Richtung Filmcrew. Tini Hackenberg schüttelte den Kopf. »Du übertreibst«, sagte sie. »Es ist doch eher so – und Bea hat es selbst gesagt –, dass Rosi ein schwieriges Pferd ist.«

Leo stöhnte laut auf. Ihr wurde klar, dass sie mit Worten nicht mehr weiterkam. Velvet musste weg von den Pferden. Und wenn man sie nicht in einem Einzelstall unterbringen wollte, dann musste sie eben ganz weg von Mooraue. Am besten heute noch! Ohne bewusst darüber nachzudenken, hatte Leo einen Entschluss gefasst.

»Du willst also unbedingt ein Pferd, das über Hindernisse springt?«, fragte sie bissig.

Tini Hackenberg guckte erschrocken. So außer sich hatte sie Leo noch nicht erlebt. Sofort ging sie in Verteidigungshaltung. »Ich will es nicht! Der Sender will es! Was meinst du, was ich mir den Mund fusselig geredet habe, aber Big Bossi …«

Leo unterbrach sie. »Gut. Dann wird Hope springen«, verkündete sie. »Wir brauchen Velvet hier nicht mehr.«

Tini Hackenberg sah Leo einen Moment ungläubig an. »Okay, wenn du meinst!«, sagte sie. Dann lächelte sie zufrieden. »Alle Mann in die Reithalle!«, rief sie ihr Team zusammen. »Wir drehen!«

21. Kapitel

Leo wusste nicht, wie und wann genau sie die Entscheidung getroffen hatte. Sie wusste nur: Tini Hackenberg, Big Bossi, Luzi Blankewitz, die Fernsehzuschauer oder wer auch immer sollten ihren Willen bekommen. Hope würde springen – und Velvet würde verschwinden. So einfach war das. Die Quoten würden besser werden, die Herde konnte wieder in Frieden leben. Und Leo musste nicht nach Sylt.

Glücklich war sie damit nicht. Aber es musste sein. Sie war fest entschlossen.

Am Weidetor angelangt, suchten ihre Augen Hope. Doch die Stute kam nicht wie sonst angetrabt. Es dauerte, bis sie sich zögerlich näherte. Ihr Blick wirkte nicht klar und aufmerksam, sondern irgendwie abwesend. Die Rangeleien mit Velvet schienen sie massiv gestresst zu haben. Sofort untersuchte Leo Hope auf Verletzungen. Von schlimmen Ahnungen getrieben, betastete sie ihren Hals, Rücken, Beine, ihren Bauch. Tatsächlich entdeckte sie an den Flanken zwei große

Schürfwunden. Leo spürte augenblicklich einen tiefen Stich im Herzen.

»Meine Arme!«, flüsterte sie. »Wie konnte es nur so weit kommen!« Aber jetzt war nicht die Zeit für Tränen. Stattdessen flammte ihr Zorn wieder auf, stärker als je zuvor, und verwandelte sich in wilde Entschlossenheit. Mit vor Wut zusammengebissenen Zähnen führte sie Hope zum Stall. Nachdem sie sie gesattelt hatte, ging es zur Reithalle.

Der alte Kalli hatte bereits Ständer aufgestellt, auf die er nun die Stangen legte.

Leo benutzte die in der Halle stehende Aufstiegshilfe und ritt ein paar Runden, um Hope aufzuwärmen und sich selbst auf die Sprünge einzustimmen. Doch Leo spürte, dass irgendetwas mit Hope nicht stimmte. Sie wirkte gereizt und leicht ablenkbar. Leo gelang es nicht, eine richtige Verbindung zu ihr herzustellen. »Bitte, Hope, tu mir den Gefallen«, sprach Leo leise in ihr Ohr. »Diese eine Sache, und alles wird gut!«

Mittlerweile waren auch Bea und Luzi Blankewitz in die Reithalle gekommen. Sogar Richard zeigte sich. Er blieb allerdings im Hintergrund nah beim Tor stehen. Tini Hackenberg und ihr Team warteten drehbereit am ersten Hindernis. Leo konnte aus den Augenwinkeln erkennen, wie die Redakteurin ungeduldig auf ihre Uhr blickte. Trotzdem drehte sie noch eine weitere Runde. Hope war noch nicht bereit, sie lief noch nicht taktklar und rund. Wahrscheinlich konnte es niemand sehen, aber Leo spürte es genau. Also ritt sie noch einen Zirkel und noch einen. Tini Hackenbergs Ungeduld wurde immer offensichtlicher. Sie atmete hörbar aus. Schweren Herzens verlangsamte Leo schließlich das Tempo und ritt in Richtung des ersten Hindernisses. Hope schnaubte beim Anblick der Stangen und riss den Kopf zur Seite. Nur zu deutlich spürte Leo ihren Widerwillen, aber sie wollte es nur noch hinter sich bringen. Sie fokussierte das Hindernis und blendete alles andere aus. Aufs Äußerste konzentriert galoppierte sie an. Hope zog an, gleich würde sie abspringen, die Hürde war nur wenige Meter von ihnen entfernt!

Doch im letzten Augenblick lenkte Leo Hope am Hindernis vorbei.

In der Halle herrschte für einen Moment vollkommene Stille. Dann hörte man Tini Hackenberg rufen: »Was sollte das denn, verdammt?«

Aber da war Leo schon zum Tor geritten und hinaus ins Freie – mit wildem Herzklopfen, aber auch getragen von einem seltsamen Glücksgefühl. Denn sie wusste, sie hatte das Richtige getan. Es war der allerletzte Moment, in dem ihr klar geworden war, dass sie gerade dabei war, das Wichtigste überhaupt zu verlieren: Hopes Vertrauen!

Lieber würde sie auf Hope verzichten, als diese besondere Verbindung zwischen ihnen zu verraten! Denn was sollte Leo dann noch weiter auf Mooraue, wenn sie wie alle anderen war, die die Grenzen ihrer Pferde nicht respektierten? Da war es am besten, die Dreharbeiten abzubrechen und nach Sylt zu gehen! Dann gab es auch keine Velvet mehr, keine neue Trainerin und kein Kamerateam, das sich womöglich jeden Tag neue Forderungen überlegen würde. Leo fühlte sich nach den Zwängen und Sorgen der letzten Tage endlich wieder frei.

Ohne lange nachzudenken, ritt sie zum Stall hinüber. Aber kaum hatten ihre Füße den Boden berührt, überkam sie ein anderes Gefühl. »Das war es jetzt«, wurde ihr klar. »Jetzt werde ich nie wieder auf Hopes Rücken sitzen.«

Luzi Blankewitz würde mehr als wütend auf sie sein. Sehr wahrscheinlich würde sie ihr den Umgang mit Hope verbieten.

Leo lehnte sich mit Tränen in den Augen gegen Hope. Die Stute drehte den Kopf, schnaubte sanft und sah sie mit ihren schönen und klugen Augen aufmerksam an.

Leo spürte: Sie war noch nicht so weit. Sie brauchte noch Zeit. Kurz entschlossen stieg sie wieder in den Sattel und ritt vom Hof. Wenigstens ein oder zwei Stunden wollte sie – musste sie! – die Zweisamkeit mit Hope noch einmal auskosten, bevor diese für immer vorbei war.

22. Kapitel

Als Leo durch das hintere Tor den Hof verließ, drängten sich am Himmel graue Wolken. Sie ritt direkt zu einer weiten, waldgesäumten Wiese. Leo hatte das Gefühl, endlich wieder durchatmen zu können. Sie galoppierten über das Grün – weg von Mooraue. Niemand würde sie einholen können. In diesem Augenblick war sie frei und wieder ganz bei Hope, eins mit ihrem Pferd, der Erde und dem Himmel.

Als die Wiese in ein Stoppelfeld überging, bog sie ab Richtung Wald, bis sie zu einem Bach kam. Hope wurde langsamer. Die Entfernung zwischen ihnen und Mooraue schien nun groß genug. Leo ließ Hope im Schritt gehen. Der Weg führte an Weizenfeldern vorbei, an Brombeerbüschen, grasenden Kühen. Schließlich erreichten sie den Wald. Ohne es geplant zu haben, fand Leo sich kurz darauf bei den fünf Riesen wieder. Mit einem wehmütigen Gefühl ritt sie auf die Lichtung mit den seltsamen Felsen, um Hope eine Rast zu gönnen. War das nicht der beste Ort, um in Ruhe voneinander

Abschied zu nehmen? Leo sprang aus dem Sattel und blieb dicht bei Hope stehen. Sie lehnte sich gegen ihren schweren, warmen Körper, atmete ihren rauchigen Geruch ein. Wie war sie bloß auf die Idee gekommen, Hope zum Springen zu zwingen? Leo verstand sich selbst nicht mehr. Wahrscheinlich war es der Druck durch Velvet, die Panik, Mooraue verlassen zu müssen. Dabei waren Stress und Angst wirklich die schlechtesten Ratgeber, musste sich Leo nun eingestehen.

Plötzlich hörte Leo Stimmen. Rief da jemand ihren Namen? Ängstlich sah sie sich um. Bestimmt waren sie schon auf der Suche nach ihr! Mit zusammengekniffenen Augen spähte sie in den Wald hinein. In der Ferne blitzen die Umrisse eines Reiters durch die Äste. Leos Herz verkrampfte sich. Nein, es durfte noch nicht vorbei sein! Hastig führte sie Hope weg von der Lichtung. Sie wollte selbst entscheiden, wann sie zurückkehrte! Nach wenigen Schritten erreichte sie die Schlucht, die sie ebenfalls von der Moorauerallye kannte. Der Wald war hier sehr dicht, der Boden steinig. Direkt vor ihr führte ein Wanderweg nach unten. Er war nicht steil, denn er schlängelte sich spiralförmig über die ganze Länge der Schlucht hinab. Dort würde man sie gewiss nicht vermuten, schoss es Leo durch den Kopf. Im nächsten Augenblick führte sie Hope auch schon bergab. Der Pfad war uneben und mit großen und kleinen Steinen übersät. Als sie die Hälfte der Strecke zurückgelegt hatte, wurde es zwischen den Steinwänden merklich kühler. Die gewitterschwere Luft, die Leo die ganze Zeit zu schaffen gemacht hatte, war kaum noch zu spüren.

Endlich unten angekommen, wartete auf Leo und Hope neben Geröll und einigen dürren Bäumen eine wohltuende, absolute Stille. Leo sah sich um. Im hinteren Teil der Schlucht entdeckte sie einen brackigen See aus Regenwasser, über dem blaue Libellen schwebten. Sonst war niemand hier, nur sie und Hope.

Plötzlich spürte Leo wieder eine unglaubliche Wut in sich aufsteigen. Auf ihre Mutter und auf Harald, auf Luzi Blankewitz und Tini Hackenberg. Ja, sogar auf Richards Vater war sie wütend. Warum musste er auch krank werden und die Zügel aus der Hand geben? Mit ihm auf Mooraue wäre Angelika niemals übergangen worden! Und Angelika hätte niemals zugelassen, dass die Pferde in Gefahr gerieten! Aber noch während sie zornig auf und ab stampfte, wurde ihr die Sinnlosigkeit ihrer Wut bewusst. Auch wenn sie vor Ärger schier in Stücke sprang, ließ sich an der Situation nun nichts mehr ändern. Die Realität sah anders aus, als sie es sich wünschte. Alle um sie herum hatten ihre eigenen Wünsche, Sehnsüchte und Pläne. Auch sie hatten ihre Berechtigung – sie stimmten nur nicht mit den ihren überein.

Leo begann zu begreifen, dass sie loslassen musste.

Sie sah zu Hope. Die Stute stand still und wartete vertrauensvoll auf Leos nächste Entscheidung. Da überkam Leo ein überwältigendes Gefühl von Dankbarkeit, das ihr wieder die Tränen in die Augen trieb. Sie hatte die schönste Zeit ihres Lebens gehabt. Sie hatte erleben dürfen, was so viele sich wünschten: tiefe Verbundenheit, blindes Verstehen. Es war das kostbarste Geschenk, das sie für immer in ihrem Herzen bewahren würde. Die Zeit mit Hope konnte ihr niemand nehmen.

Schluchzend umarmte sie ihr Pferd und ließ den Tränen freien Lauf. Sie strömten wie Bäche über ihre Wangen, und erst nach langer Zeit, wohl einer oder zwei Stunden, wurden sie langsam weniger.

Dann saß sie still und regungslos, ganz leergeweint, bis ein sanfter Schauer einsetzte, der ihr die letzten Tränen vom Gesicht spülte. Leo sah in den Himmel, direkt in den fallenden Regen. Sie spürte: Jetzt war sie so weit. Sie hatte Abschied genommen. Sie würde nun wieder hoch zu den anderen gehen, zurück nach Mooraue. Mit bleischweren Beinen stand sie auf und begann, Hope den Weg aus der Schlucht zu führen.

Doch sie war kaum ein paar Meter gegangen, da geschah es: Leo trat auf einen Stein und knickte um. Sie verlor das Gleichgewicht und taumelte rückwärts. Mit einer Hand bekam sie noch eine Wurzel zu fassen, aber zu spät. Der Schwung trug sie über den Abhang einen Meter in die Tiefe. Leo drehte sich und fiel direkt auf das Knie. Der Schmerz war unbeschreiblich. Vor Leos Augen blitzen grelle Lichter auf, dann umfing sie eine undurchdringliche Schwärze. Als sie wieder zu sich kam, wusste sie zunächst nicht, wo sie war. Dann setzte ihre Erinnerung wieder ein. Erschrocken griff sie nach ihrem Knie, es schmerzte höllisch. Leo überkam eine entsetzliche Angst. Was war mit ihrer Kniescheibe? War sie etwa wieder gebrochen wie nach ihrem Eislaufunfall? Leo biss die Zähne zusammen und versuchte vergeblich, ihr Knie zu beugen. Tränenüberströmt und kraftlos sank sie zurück. Da spürte sie plötzlich Hopes warmen Atem an ihrem Gesicht. Die Stute stand dicht bei ihr und streckte ihren Kopf zu ihr herab. Sie war zu Leo auf den Grund der Schlucht gekommen.

»Da bist du ja«, sagte Leo mit tränenerstickter Stimme. Hopes Nähe war ein großer Trost. Trotzdem schossen ihr neue Tränen in die Augen. »Hope, wo habe ich uns da nur hineinmanövriert?«, flüsterte sie verzweifelt. »Wie soll ich dich jetzt sicher nach Hause bringen?«

Da fiel Leo ihr Handy ein. Mit hastigen Bewegungen prüfte sie, ob es noch in ihrer Jackentasche war. Ja, das war es! Erleichtert zog sie es hervor. Doch sie sah sofort: Der Bildschirm zeigte keinen einzigen Balken, sie hatte hier unten keinen Empfang. Sie konnte nicht einmal Hilfe herbeirufen. Langsam wurde Leo ihre Lage in vollem Umfang bewusst: Wie sollte sie hier nur wieder rauskommen? Sie konnte weder aufstehen noch laufen, geschweige denn reiten!

Während Leo nach einem Ausweg suchte, wurde der Regen von Minute zu Minute stärker. Um sie herum hatte sich eine schlammige Pfütze gebildet. Mit klammen Fingern zog sie den Reißverschluss ihrer Jacke höher und den Reithelm tiefer ins Gesicht. Sie würde wohl hier liegen bleiben müssen, bis sie jemand fand. Doch wann würde das sein?

Da kam ihr eine Idee. Wieder nahm sie das Handy. Aber diesmal überprüfte sie erst gar nicht den Empfang, sondern schaltete die Kamera ein.

»Ich bin in der Schlucht bei den fünf Riesen, ich bin verletzt«, sprach sie direkt in die Kamera. »Ich kann nicht laufen und brauche dringend einen Arzt.« Dann beendete sie die Aufnahme und hangelte sich ein Stück näher an Hopes linkes Bein heran. »Jetzt bist du dran, Hope«, flüsterte Leo und gab Hope sanft über ihr Bein streichend das Zeichen für die Verbeugung. »Kompliment!«, sagte sie. Und tatsächlich, Hope verstand sofort und beugte ihr Bein, sodass Leo halb sitzend an den Sattel herankam. Mit großer Anstrengung gelang es ihr, das Handy in der Satteltasche zu verstauen. Dann gab Leo Hope das Zeichen zum Aufrichten. Jetzt musste Hope nur noch den Weg aus der Schlucht finden! Oben angelangt würde man hoffentlich rasch auf das reiterlose Pferd aufmerksam werden. Dann war es nur noch eine Frage der Zeit, bis sie die Aufnahme entdeckten!

»Los, Hope!«, rief Leo und zeigte auf den Wanderweg. Aber Hope rührte sich nicht. Sie wich nicht von ihrer Seite.

»Bitte, es muss sein!«, forderte Leo und wedelte mit den Armen. Vergebens. Hope stand bei Leo wie ein Fels.

»Es ist wirklich wichtig!«, rief Leo. Ihr flehender Blick traf Hopes sanfte, kluge Augen. Da schien es, als habe Hope verstanden. Zögernd machte sie kehrt und lief bedächtig den Weg hinauf, hinauf zu denen, die nach ihnen suchten.

23. Kapitel

Wie lange lag sie schon hier? Leo fröstelte, der Regen hatte sie inzwischen bis auf die Knochen durchweicht, ihre Zähne klapperten. Langsam brach die Dämmerung über die Schlucht herein. Sie fühlte sich unendlich müde und erschöpft. Wie gerne hätte sie die Augen geschlossen! Sie sehnte sich nach Schlaf. Aber der Schmerz, der vom Knie ausgehend durch ihren Körper pulste, hielt sie wach. Leo unterdrückte ein Schluchzen. Hope musste längst von jemandem entdeckt worden sein, hatte man die Nachricht auf ihrem Handy vielleicht übersehen?

Die ganze Zeit hatte sie versucht stark zu bleiben, aber jetzt übermannte sie Verzweiflung. Ihr war, als fiele sie in einen bodenlosen Abgrund, viel tiefer als vorhin: ein gähnendes schwarzes Loch, aus dem es kein Entkommen gab.

Irgendwann wusste Leo nicht mehr, ob sie wach war oder träumte. Ein paar Mal glaubte sie Stimmen zu hören, Lichter zu sehen, doch dann waren da doch nur wieder Stille und Dunkelheit um sie herum. Als die Sanitäter endlich zu ihr hinabstiegen, fühlte sie sich bereits zu schwach, um auch nur ein Wort zu sagen. Sie spürte, wie sie auf einer Trage festgeschnallt wurde. Schaukelnd ging es hinauf, raus aus der Schlucht. Das Bild eines Krankenwagens, Blaulicht erhellte den Waldweg und plötzlich war da auch ihre Mutter. Sie schien geschockt und drückte ihre Hand. Leo wurde endgültig schwarz vor Augen.

Als sie wieder erwachte, fand sie sich in einem sauberen, schneeweißen Krankenbett wieder. Ihr Bein war mit einer Schiene fixiert. An ihrem Arm hing ein Tropf.

Schmerzen hatte sie keine. Wahrscheinlich hatte man ihr ein Mittel dagegen gegeben. Aber ihr Körper war schwer und fiebrig. Es kostete sie übermenschliche Anstrengungen, den Kopf zur Seite zu drehen. Am Rand des Bettes entdeckte sie ihre Mutter. Leo versuchte den Kopf zu heben. »Wie geht es Hope?«, wollte sie wissen. Ihre Stimme war nur ein Flüstern.

»Ihr geht es gut«, beruhigte Eva Pollinger sie.

Leo sank zurück in ihr Kissen. »Und was ist mit meinem Knie?«, fragte sie.

»Es ist nicht gebrochen. Du hattest wahnsinniges Glück«, sagte ihre Mutter und strich ihr sanft über die Wange.

»Es tut mir alles so leid«, flüsterte Leo, während

ihre Augenlider immer schwerer wurden. Für einen Moment schloss sie die Augen. Als sie sie wieder öffnete, war ihre Mutter verschwunden. Stattdessen saßen Bea und Richard an ihrem Bett. Leo freute sich unbändig, ihre Freunde zu sehen, konnte aber nur schwach lächeln.

»Ein Glück, du siehst schon viel besser aus«, hörte sie Bea sagen.

»Ich fühl mich auch besser«, krächzte Leo. Das Sprechen fiel ihr immer noch schwer. Sie versuchte sich aufzusetzen, doch Richard hielt sie sanft zurück und gab ihr die Fernbedienung für das Krankenbett. Als Leo den Knopf drückte, richtete sich das Kopfteil mit leisem Summen auf.

»Du hattest eine Lungenentzündung«, sagte Richard.

»So fühlt es sich auch an«, erwiderte Leo.

»Du hast zwei Tage geschlafen. Wir haben uns irre Sorgen gemacht.« Bea schaute immer noch ganz ängstlich.

»Ich hab wirklich Mist gebaut«, sagte Leo und sah Richard an. »Das war eine ganz schön blöde Idee.«

»Aber nur der Teil mit der Schlucht«, sagte Richard. »Dass du die Dreharbeiten geschmissen hast, war genau richtig!«

»Wie habt ihr mich eigentlich gefunden?«, wollte Leo wissen.

»Als du nicht zurückkamst, haben wir Suchtrupps

organisiert«, erklärte Richard. »Dabei haben wir dann Hope entdeckt. Aber von dir fehlte jede Spur.«

»Richard hatte die entscheidende Idee«, mischte sich Bea ein. »Er hat immer wieder versucht, dich auf dem Handy zu erreichen.«

»Ja, aber es ging immer sofort deine Mailbox ran«, ergänzte Richard. »Ich wollte schon fast aufgeben. Erst als Hope zurück im Stall war, habe ich es noch einmal versucht – und siehe da: In der Satteltasche hat es geklingelt.«

»Ein Glück«, sagte Leo.

»Es hat aber noch ein bisschen gedauert, bis wir auf die Idee mit dem Video kamen«, sagte Bea. »Das war wirklich ganz schön clever von dir.«

Leo sah Richard und Bea dankbar an. »Ihr seid einfach die Besten«, sagte sie.

»Sowieso«, erwiderte Richard und grinste. Aber in seinen Blick schlich sich plötzlich Traurigkeit. Leo wusste warum. Schließlich waren ihre gemeinsamen Tage gezählt.

Doch bevor sie etwas sagen konnte, öffnete sich die Tür und Leos Mutter steckte den Kopf ins Zimmer. »Liebes, du bist wach!«, rief sie und trat ein. Bea und Richard machten Platz, damit sie ans Bett zu ihrer Tochter konnte. Eva Pollinger beugte sich zu Leo hinunter und gab ihr einen zärtlichen Kuss auf die Wange.

»Du hast uns allen einen ziemlichen Schrecken eingejagt«, sagte sie, während sie sich eine Träne aus dem Augenwinkel wischte.

Leo guckte zerknirscht. »Mama, es tut mir wirklich leid. Ich wollte mich von Hope verabschieden …« Sie verstummte kurz.

»Wegen ihr hab ich doch bei dieser blöden Doku überhaupt mitgemacht«, fuhr sie dann fort. »Ich dachte, das wäre unsere letzte Chance.«

»Ich weiß«, sagte Eva Pollinger. »Mir tut es leid, dass ich von dir verlangt habe, von hier weg zu gehen. Ich glaube, das war sehr egoistisch.«

Leo sah ihre Mutter überrascht an. Warum redete sie in der Vergangenheitsform? »Aber du wolltest doch so gerne nach Sylt«, wandte sie ein.

Eva Pollinger winkte ab. »Ach was! Was wollen wir denn auf Sylt?«

Leo verstand die Welt nicht mehr. »Aber Harald …«, begann sie.

»Alles Schnee von gestern«, sagte Eva Pollinger entschieden.

Leo sah sie entgeistert an. Bedeutete das etwa, dass sich ihre Mutter und Harald getrennt hatten? Auch wenn sie Harald nicht leiden konnte – das hatte sie nicht gewollt! Ihre Mutter sollte doch glücklich sein.

»Seit ihr etwa nicht mehr zusammen?«, fragte Leo leise.

Leos Mutter lachte fröhlich auf. »Doch! Aber Harald zieht zu uns!«

Leo blieb der Mund offen stehen. Das waren ganz schön viele Neuigkeiten auf einmal! Sie wechselte einen schnellen Blick mit Bea und Richard. Beide strahlten Leo überglücklich an. Da lachte auch Leo erleichtert auf. »Wie kommt das denn?«, wollte sie von ihrer Mutter wissen.

Eva Pollinger schmunzelte. »Als klar war, dass du die Dreharbeiten für das Pferdeparadies geschmissen hast, hat der Senderchef getobt. Er hat mit Klage gedroht und wollte, dass wir dich zum Weitermachen zwingen. Aber Harald hat sich wirklich ganz toll für dich eingesetzt. Er hat mit Big Bossi gesprochen und gut Wetter gemacht. Und weil ja nun ein Sendeplatz zu füllen war, hat er ihnen angeboten, spontan einzuspringen. Und jetzt hat er auf RT-MEGA seine eigene Kochsendung!«, erklärte sie.

»Wow!«, war das Einzige, was Leo dazu einfiel. Irgendwie konnte sie sich Harald als Fernsehkoch sehr gut vorstellen. Er passt auf jeden Fall viel besser ins Fernsehen als sie.

»Das freut mich«, sagte sie und drückte die Hand ihrer Mutter. Aber eine Frage, die wichtigste, war immer noch unbeantwortet. Durfte sie wieder zu Hope? Oder wollte Luzi Blankewitz sie nicht mehr auf dem Hof sehen?

»Deine Mutter ist bestimmt total sauer auf mich«, sagte sie traurig zu Richard. »Sie hat sich von der Doku doch so viel für den Hof versprochen. Ich glaube nicht, dass sie mich überhaupt noch mal in Hopes Nähe lässt.«

»Das kannst du sie am besten selbst fragen«, sagte Richard. »Sie wartet vor der Tür.« Mit diesen Worten stand er auf und bat seine Mutter herein. Zu Leos Überraschung war auch Herr Blankewitz dabei. Er sah erholt aus und hatte Leo sogar Blumen mitgebracht.

Richards Mutter stakste mit verkniffenem Mund an Leos Bett. Offenbar lag ihr etwas auf der Seele, das sie sofort loswerden musste.

»Leo, ich war ziemlich wütend, dass du einfach weggeritten bist. Und dann hast du Hope auch noch in diese Schlucht geführt. Das war sehr gefährlich, für euch beide!«

Leo fühlte sich bei diesen Worten gleich wieder schwach und elend. »Ja, das war ein Fehler«, murmelte sie kleinlaut.

Herr Blankewitz sah seine Frau tadelnd an. »Also Luzi«, sagte er, »das war aber nicht das, was du Leo eigentlich sagen wolltest!«

Richards Mutter blitzte ihren Mann an. Dann senkte sie den Kopf und seufzte tief. Es war deutlich, dass sie sich einen Ruck geben musste.

»Bei allem anderen hast du dich aber richtig verhalten«, sagte sie schließlich. »Ich hatte schon die ganze Zeit ein ungutes Gefühl bei der Serie, habe mich aber nicht getraut, die Dreharbeiten zu beenden.«

Leo konnte nicht glauben, was sie da hörte. Auch Bea und Eva Pollinger wirkten überrascht.

»Ich dachte, ich hätte alles unter Kontrolle«, fuhr Luzi Blankewitz fort. »Dabei war mir die Sache längst entglitten. Ich hatte mich wohl doch etwas überschätzt«, beendete sie ihre Entschuldigung.

Leo hätte am liebsten laut gejubelt. Richards Mutter war nicht böse auf sie, sie hatte kein Hofverbot!

»Heißt das, ich darf Hope … also ich meine, kann ich Hope …« Vor lauter Aufregung fiel ihr kein vernünftiger Satz ein, aber Luzi Blankewitz wusste sowieso, auf was sie hinauswollte.

»Natürlich darfst du Hope weiterhin reiten«, sagte sie lächelnd.

Auf Leos Gesicht breitete sich ein Strahlen aus, am liebsten hätte sie die ganze Welt umarmt.

»Aber was wird jetzt aus dem Hof?«, mischte Bea sich ein.

»Wir werden auch auf andere Art mehr Reitschüler und Pensionspferde bekommen. Wir müssen einfach etwas geduldiger sein«, antwortete Herr Blankewitz. Er klang überhaupt nicht mehr resigniert, sondern selbstbewusst. »Zwei Pferde haben sich aufgrund der ersten Ausstrahlung schon angemeldet, heute haben wieder ein paar nachgefragt. Die Mund-zu-Mund-Propaganda läuft. Außerdem habe ich ganz neue Pläne«, fuhr er fort und sah die Anwesenden unternehmungslustig an. »Wie lautet noch mal unser Familienmotto, Richard?«, fragte er.

»Inveniam Viam – Entweder ich finde einen Weg oder ich baue einen«, sagte Richard.

Herr Blankewitz lächelte zufrieden. »Genau, ein Blankewitz lässt sich niemals entmutigen! Auch wenn das bedeutet, dass er völlig neue – unkonventionelle – Wege beschreiten muss!«

Luzi Blankewitz hob die Augenbrauen. »Viktor, worauf willst du hinaus? Fass dich doch bitte mal kürzer!«

»Ich wundere mich, dass du nicht selbst darauf gekommen bist, liebe Luzi. Du hast mir doch erzählt, wie Frau Pollinger mit einfachen Mitteln aus unserer Quittenkonfitüre ein sensationelles Geschmackserlebnis gezaubert hat!«

Leos Mutter sah Herrn Blankewitz neugierig an. Dieser trat dicht vor sie. »Ich hatte während meiner Kur genügend Zeit, um ganz neu und innovativ zu denken. Frau Pollinger, ich möchte Sie bitten, in unsere Firma einzutreten und die Entwicklungsabteilung zu leiten. Wir werden ganz neue Geschmacksrichtungen kreieren! Quitte-Zimt, Quitte-Ingwer, Quitte-Karotte! Ich bin mir sicher, damit werden wir uns auf dem Markt bald wieder an erster Stelle positionieren!«

Leos Mutter schien völlig überrumpelt, konnte aber noch ein »Gerne!« hauchen.

Richard, der die Szene mit unterdrücktem Grinsen beobachtet hatte, stand auf. »Wir sollten Leo jetzt allein lassen, damit sie sich erholt«, sagte er. »Sie wird in diesem Irrenhaus sonst noch verrückt.«

Tatsächlich spürte Leo im selben Moment eine riesige Erschöpfung. Die vielen Menschen und all die Neuigkeiten, so toll sie auch waren, hatten sie entkräftet. Sie umarmte ihre Mutter und Bea, drückte den anderen die Hand und schloss dann mit einem Seufzer die Augen.

Leise stahl sich ihr Besuch aus dem Krankenzimmer.

Leo wäre fast eingeschlafen, doch ein Gedanke hielt sie wach. Eine Person war heute nicht gekommen: Angelika. Zu gerne hätte Leo auch mit ihr gesprochen. Sie musste ihr unbedingt erklären, wie es so weit gekommen war.

Und als hätten Leos Wünsche magische Kräfte, öffnete sich plötzlich die Tür.

»Klopf, klopf«, hörte sie die vertraute Stimme. »Darf ich kurz reinkommen?«

Leo war sofort hellwach. »Angelika! Ich muss dir so viel erzählen!«

Aber Angelika schüttelte nur den Kopf. »Brauchst du nicht. Bea hat mir schon alles berichtet«, sagte sie sanft.

»Aber ich will mich bei dir entschuldigen!«, wiedersprach Leo leidenschaftlich. »Es war wirklich mies von mir, dass ich nach deinem Rausschmiss noch weiter mitgemacht hab. Dabei bist du für mich einer der wichtigsten Menschen auf der Welt!«

Angelika sah Leo einen Moment nachdenklich an. »Ja, ich war ziemlich enttäuscht«, gab sie dann zu und nahm Leos Hand. Beide schwiegen. Aber es war ein gutes Schweigen. Dann ergriff Angelika erneut das Wort. »Leo, es gibt Zeiten, die sind Bewährungsproben. Das sind oft Zeiten großen Drucks. Bei diesen Prüfungen geht es um die Überzeugungen, die man hat, und wie sehr man an ihnen festhält.«

Leo nickte. Sie wusste genau, was Angelika meinte. Beinahe hätte sie ihre Ideale, den Glauben an das pferdefreundliche Reiten verraten und Hope gegen ihren Willen über das Hindernis gezwungen. Bei dem Gedanken daran schämte Leo sich noch immer.

»Aber du hast die Bewährungsprobe bestanden«, fuhr Angelika fort und drückte Leos Hand. »Und nach dieser Feuerprobe, das sage ich dir, wirst du gefestigter und stärker sein als jemals zuvor!«

Leo musste lächeln. Sie war Angelika unendlich dankbar. Sie verurteilte sie nicht, sondern sah sie so, wie sie war. Mit all ihren Stärken und Schwächen.

Leo blickte Angelika direkt in die Augen. »Danke«, sagte sie.

Angelika erwiderte Leos Blick und lächelte. Dann

stand sie auf, um sich zu verabschieden. »Das war heute ein ereignisreicher Tag. Du bist sicher geschafft. Die ganze Mooraue-Crew in deinem kleinen Krankenzimmer … Oder hat noch jemand gefehlt?«

»Ja, Hope«, sagte Leo und lachte.

Angelika zeigte auf Leos Beinschiene. »Da sie nicht ins Zimmer passt, wirst du wohl noch eine Weile auf sie warten müssen!«

Leo schüttelte den Kopf. Auf ihrem Gesicht lag ein glückliches Lächeln. »Das macht nichts«, sagte sie. »Durch den ganzen Schlamassel hab ich wenigstens eins begriffen: Auch wenn ich nicht mit Hope zusammen sein kann, sind wir doch niemals getrennt. Sie ist immer in meinem Herzen.«

Chantal Schreiber

Mein Feuerpferd – Ritt im Nordlicht

ca. 160 Seiten, ISBN 978-3-570-17594-1

Sechs Wochen Island! Für die zehnjährige Eva gibt es kaum etwas Schlimmeres. Einöde, Langeweile und dann auch noch Papas neue Frau, die Eva schon aus Prinzip nicht leiden kann. Allein die Herde Islandpferde des Nachbarn macht diesen Urlaub erträglich. Ganz besonders der braune Eldur, zu dem sie schnell eine enge Beziehung aufbaut. Als sie ihn schließlich reiten darf, geht ein Traum in Erfüllung – die beiden sind das perfekte Team! Doch nicht nur Eva hat erkannt, dass Eldur etwas ganz Besonderes ist, und schon bald muss sie alles daran setzen, ihr Traumpferd nicht zu verlieren ...

10392

cbj

www.cbj-verlag.de